GAEA

Gaea

特殊傳說 Ⅲ
恆遠之書篇 08
護玄——著

特殊傳說Ⅱ

恆遠之書篇 08

目錄

特殊傳說 II

THE UNIQUE LEGEND

恆遠之書篇

登場人物介紹

Atlantis學院

姓名：褚冥漾（漾漾）
年級/班別：高中二年級/C部
性別：男
袍級/種族：無/人類（妖師）
個性：非常普通的男高中生，個性有點怯懦，不太敢與人互動。

姓名：冰炎（學長）
性別：男
袍級/種族：黑袍/燄之谷與冰牙族後裔
個性：脾氣暴躁、眼神銳利。不過是標準刀子口豆腐心的好人～
目前狀況：甦醒歸隊

姓名：米可蕥（喵喵）
年級/班別：高中二年級/C部
性別：女
袍級/種族：藍袍/鳳凰族
個性：個性爽朗、不拘小節，喜歡熱鬧。非常喜歡冰炎學長！

姓名：雪野千冬歲
年級/班別：高中二年級/C部
性別：男
袍級/種族：紅袍/？
個性：有點自傲，知識豐富像座小型圖書館；討厭流氓！兄控!?

登場人物介紹

姓名：西瑞．羅耶伊亞（五色雞頭）
年級/班別：高中二年級/C部
性別：男
袍級/種族：無/獸王族
個性：個性爽朗、自我中心。出身於暗殺家族，打扮像台客。

姓名：萊恩．史凱爾
年級/班別：高中二年級/C部
性別：男
袍級/種族：白袍/人類
個性：個性隨意，存在感低、經常超自然消失在人前，執著於飯糰！

姓名：藥師寺夏碎
性別：男
袍級/種族：紫袍/人類
個性：個性淡泊，不喜過多交談，是個溫柔的好哥哥。
目前狀況：從醫療班逃跑中

姓名：席雷．阿斯利安（阿利）
年級：大學一年級
性別：男
袍級/種族：紫袍/狩人
個性：友善隨和，善於引領他人。

姓名：靈芝草（好補學弟）
年級/班別：高中一年級/C部
性別：男
種族：人參
個性：初入世界，所以很容易受到驚嚇，但是在奇怪的地方也有小聰明。

姓名：哈維恩
年級/班別：聯研部　第二年
種族：夜妖精
個性：種族自帶暗黑的陰險反骨天性，但對於認定的事物相當忠誠、負責。平日也很認真在學習上。

登場人物介紹

其他

姓名：式青（色馬）
性別：男
種族：傳說中的幻獸．獨角獸
特色：能化為獸形或是人形
個性：只要美人希望我怎樣我就怎樣～

姓名：休狄．辛德森（摔倒王子）
種族身分：奇歐妖精族的王子
性別：男
袍級：黑袍
個性：看重血脈、家族、榮譽，厭惡隨便打交道。

姓名：九瀾．羅耶伊亞（黑色仙人掌）
身分：醫療班，鳳凰族首領左右手
性別：男
袍級：黑袍、藍袍（雙袍級）
個性：科科科科科……

姓名：黑山君
身分：時間之流與冥府交際處的主人
種族：不明
個性：不太有情緒起伏，性格相當謹慎細膩，偶爾會很正經地捉弄訪客。
特別說明：喜歡好吃的東西。

姓名：白川主
身分：時間之流與冥府交際處的主人
種族：不明
個性：看似大而化之、易相處，但心中自有衡量，很多事情都看在心中。
特別說明：喜歡會飛的東西，例如白蟻（？）

姓名：褚冥玥
身分：大二生，漾漾的姊姊
性別：女
袍級/種族：紫袍/人類（妖師）
個性：直率強硬，很有個性的冷冽美女。異性緣爆好！

登場人物介紹

其他

姓名：重柳族
身分：？
種族：時族
個性：非常正經認真、死守種族任務，
但思考並不僵化、能溝通。

姓名：安地爾
身分：耶呂鬼王高手
種族：似乎是鬼族（？）
個性：四分的無聊、四分的純粹惡意、一分的塵封友情、零點五的善意、零點三的不明狀態、零點一的退休狀態、零點一的觀光。
特別說明：最近都在泡咖啡。

姓名：泰那羅恩
身分：冰牙族大王子
個性：認真嚴謹、極富氣場
特別說明：因某些因素，目前為冰牙族首席精靈術師與戰士團團長。

姓名：殊那律恩
身分：獄界鬼王
個性：安靜少言，偶爾會隨意地捉弄人
特別說明：曾為冰牙二王子，「變化」後，為與自己境況相同的種族們打造了安身之所，以自己的方式守護重要的人事物。

姓名：深
身分：大陰影
個性：性格堅毅，但也會寂寞
特別說明：喜歡百靈鳥的歌聲，極力鼓吹某精靈唱歌，屢失敗！

第一話　不安定

人生其實有許多事情很難在第一時間有所結論，有時定論下得早了，未來必定要往自己臉上打兩巴掌。

有時候就是早早看不清楚這點，天真地被賞了好幾巴掌，直到打破臉了，才發現世間的愚蠢，比想像的還要多很多。

倒楣的重柳族三人被送到獄界自由行之後，神廟內沉重的空氣終於再次輕鬆許多。

一鬆懈下來，我才突然感覺身體上上下下沒有一處不痛，彷彿腎上腺素蒸發乾淨之後，開始提醒剛剛受傷的事情，接著湧上的劇痛讓人眼前一黑，差點上演自由落體啪唧在地板上。還沒消失的米納斯托了我一下，沁涼的水氣捲到身上，減去了少許疼痛。

就在我接受米納斯的治療時，一邊的大王子猛地轉過頭，不知道是不是我多心，我總覺得他似乎多看了米納斯兩眼，眼神一如往常地平淡，沒有波動，但莫名讓我感到其中似乎有某種不明含意。

「幻武兵器的治療會消耗宿主精神力，由我接手吧。」泰那羅恩用平常對其他精靈一樣的語氣朝米納斯說道；幻武兵器愣了下，那種有點疑惑的情緒傳遞到我這裡，與我那種奇妙的不明感覺有點相似，然而米納斯倒也沒說什麼，點點頭後就乖乖地散化在空氣中，和老頭公一起回到我的手環上休息。

接著我和學長、夏碎學長三人被揪在一起，由大王子親自治療了半晌，劇痛才平緩下來，讓人鬆了口氣。

直到大王子做了個沒事的手勢後，蹲在邊上的狼王打量了我幾眼，才開口：「重柳族近年來是不是越來越偏激了？本王記得上次遇到他們時還沒有如此腦殘，這是在時間裡面走來走去腦子被夾扁了嗎。」

「恐怕是因爲我們是白色種族才沒那麼偏激。」學長不輕不重地往他外公的話上戳了下，一點也不給他面子。「如果連平常面對我們都是這種樣子，那恐怕他們才是須要被圍剿的對象。」

不過他說的沒錯，重柳族估計平常不會對白色種族這樣發神經，剛剛因爲要針對我，才直接對兩個古老大種族，甚至是狼王、狼神出手，某方面來說已經太過分到了有點誇張的地步。

打個比方來說，他們這種舉動已經接近刺殺一個種族的王者，以及另一個種族的王子，加上兩族的王族與一個家族的少主，白話一點講，這種行爲就叫作刺客。其中兩個種族在這世界還擁有廣爲人知的豐功偉業，如果燄之谷和冰牙族有心發難，幾乎可以因這理由直接對重柳族開戰了。

殺了我有比被兩族開戰還重要嗎？

狼王翻了翻白眼，一臉好像看見附近白目小孩玩球砸破玻璃的表情，如果不是因爲一堆小輩在這裡，恐怕還會追上去再把那些人打一頓。他轉向我：「看你年紀輕輕，難道你搶過時間種族的銀行？」

「並沒有。」我非常認真地回答以上莫名其妙的抹黑。

還有，重柳族才沒有銀行——大概沒有。

「方才的行爲確實太過頭。嗯……這樣問有點失禮了，不過褚你有沒有個底，是否妖師一族有其他事讓重柳族介懷的？」夏碎學長微微皺起眉，可能也認爲自己打探別人家族的事情不太好，又補上「如果你們自己心中有底就好」一句。

「欸不，我不太清楚。」我是眞的不太清楚，而且狼神在這裡，沒有刻意隱瞞的必要。同時我也邊回想以前幾次和重柳族其他人接觸的經過，眞的沒有哪一次特別有血海深仇，所以更讓人倍感奇妙。

天知道究竟哪裡得罪過他們。

「他眞的不知道。」狼神幽幽地開口。

「或許不是針對他『個人』，而是他族中某些人、某些事。」坐在一邊的大王子仙氣飄渺地來了句話。「當我斬殺妖魔與鬼族時，也經常有邪惡針對全族復仇。」

「那個範圍就太大了。」我沉痛地回答：「妖師一族大概得罪了全天下。」

「……」

四周一陣沉默。

「喔好吧，那大概你們眞的和重柳族有仇，有仇到他們都不惜被本王開戰了。」狼王很不厚道地直接下了結語。「好，反正都有仇了，那就不管他，你被逮到遲早都會死的，不用想太多，本王繼續幫你們調整身體。」

？

說清楚點什麼叫作遲早都會死啊喂！

狼王也不管我哪時候會死，大手一張把我們按回地上去，像剛才一樣囑咐我們閉上眼睛，同樣的熱度很快再次襲來，然而這次不知道爲什麼，除了熱之外，昏昏欲睡的疲勞從四肢湧上，點點滴滴地翻捲到了腦袋裡。

「本王知道會想睡，不過你最好撐著，不然本王照樣把你打醒。」

狼王的聲音從頭頂上傳來，我連忙打起精神，專心在那股力量上。接著我發現那些讓人有點想睡的感覺散成了顆粒狀，慢慢沁入身體內，有點癢癢的，好像就這樣被吸收進去，成為自己的某一部分。

等到那些「顆粒」被吸收得差不多，感受到的熱度也逐漸下降，直到變成不可思議的清涼，一掃剛才的疲勞，讓人精神起來。

就在我想著這也太神奇時，旁邊的學長好像動了一下。

「沒事。」泰那羅恩的聲音飄過來，而且很靠近，近到讓我嚇到，他幾乎就在我們旁邊，和剛剛有點距離的聲音不太一樣。

約莫又過了一會兒，我莫名感覺到好像有什麼聲音提示說可以睜開眼睛自由活動，下意識張開眼，正好看見狼王和大王子一左一右站在我們面前，房間如同被剖半般，一側火焰、一側凝冰，剎那間，所有的火與冰同時崩碎成火色光點與冰色光點，像螢火蟲被驚擾般，忽地全數散開，短短幾秒後，大空間又恢復原本空蕩蕩的樣子。

我發現學長和夏碎學長都已睜開眼睛，看來那個奇妙的腦內提示是同時傳給我們的，我偷偷動了動手掌，感覺身體好像變得很輕盈，被踹一腳都可以飄起來那種。

「吾家不介意幫忙。」狼神超不客氣地出現在我身後。

不用您老幫忙了！真的！

大王子好像沒事一樣又晃開了。

狼王環起手，瞇著眼睛來回打量我和夏碎學長一會兒，開口：「黑王那小子給了你們兩小鬼不錯的東西，本王和泰那羅恩多事進行了點引導，大概這兩天會有感覺，你們回去要好好修練，不要辜負別人的好意。」

「非常感謝諸位的幫忙。」夏碎學長非常慎重地行禮，我連忙也跟著做了，還順便用我自己的方式來一個九十度的大鞠躬，巴不得給他們多擦幾次地板以表感謝之意。總覺得我最近被隨手攜帶得到不少幫助，有點想痛哭流涕了。

「外公，幻武鍛靈者還留在燄之谷嗎？」學長在狼王又要撲上去熊抱並邀功之前，非常正經地開口，並大逆不道地推開了狼王的臉。

「兩、三百年前就跑出去了，當年幫你安定了那兵器之後沒多久就跑了，說要出去玩，玩到現在還不見人影。」狼王很遺憾地擺正自己的臉，「你要給你那些朋友的小玩具注靈？」

「嗯，我總覺得有這需要。」學長表情變得有些嚴肅，「自從……之後，時間軌跡是不是變得有些不安定？」

「本王也覺得怪，乖孫你上次被害死前，燄之谷和冰牙族都有世界變動的預言出來，你那事情擺平之後就變得更加劇烈了。你們上回跑去那兩腦殘水火妖魔家鬼混時，不也是因爲有啥預言嗎。」狼王和大王子互看了眼，接著說：「恐怕不是好事，加上重柳族這幫小腦殘的發難，再怎麼說他們也是時間種族，狗急跳牆可能是某種全族更年期的前兆，也有可能是發生了什麼不得不讓他們腦子裂開的徵兆。」

「你們也認識水火妖魔？」我有點意外，下意識問了出來。

「喔，那兩小鬼以前潛進來要偷寢室，本王就把他們打了一頓。」狼王揮揮手，說得好像只是件小事。「還來偷過酒，偷過倉庫，偷過下水道，像烏鴉一樣，看到發光的東西就想拿回家，煩人。」

「在冰牙偷過小孩。」大王子淡淡地來一句。

水火妖魔還是眾所皆知的小偷嗎！

……

……

不對等等！偷過小孩是什麼鬼！

偷精靈的小孩幹什麼啊水火妖魔！

再說一次，這些傳說中強大的存在只要一露出眞面目，就讓人完全印象破滅呢。

「他們須要轉移破壞世界的注意力。」學長咳了聲，勉勉強強算是給水火妖魔的手賤找了個說法。

那跟偷小孩有什麼關係？

所以呢！那個小孩到底有沒有搶回來！

泰那羅恩顯然沒打算照顧聽眾的好奇心，竟然就這樣沒有下文了。

學長不輕不重地往我腦後搧了一下，像是叫我不要聊廢話。「那看來還是只能在學院製作了。」

「……本王馬上派人去把那小子拖回來。」狼王直接擺出一個不想讓學院佔他孫子便宜的表情。

「嗯，那我們也該立即回去了。」學長點點頭，很自然地說出讓狼王青筋一跳的話語。

「回哪？」狼王開始磨牙，好像不管學長說哪都要撲上去朝那地方咬一口。

「燄之谷與火流河暫時沒有大礙，比申惡鬼王還未到可以動搖外公的氣候，我們當然要盡快趕回學院。」學長好像沒看見旁邊的狼王已經露出不滿的獠牙，正經嚴肅地繼續說：「學院是那三位的心血，以及與現世種族唯一的平衡點，無論怎麼說，我都得趕回去。」

「怕什麼！就算基石要倒，那三個混帳傢伙也不會眼睜睜看著它倒！」狼王極爲不滿，只差沒有跳起來咆哮。「擅自收你當徒弟佔本王孫子的便宜已經很過頭了！還要你當他們的看門狗，哪天本王就帶軍隊去推倒城牆，讓他們體會體會什麼叫作眞正的威脅！」

……不要把私怨拿出來發動世界大戰啊。

「我送你們一程。」大王子無聲地走過來，與暴跳的狼王不同，他顯得沒什麼特別反應，彷彿我們留也好，走也好，不怎麼在意。「諸事落定後，我也必須回到冰牙族。」

「放假我會找時間回冰牙族。」學長點點頭，無視背景音是狼王在狂吼「放假應該回燄之谷陪你外公吃飯」之類的話。

就在狼王超不滿，以及狼神的允許下，泰那羅恩開啓了他的個人空間走道，整條近乎透明的冰晶長廊與先前走過的那些商道完全不同，寧靜又安穩，空氣似乎就像擁有者一樣沉澱著，一踏入便有種說不上的安全感。

這裡絲毫沒有亂七八糟的外來氣息，只是純粹的凝冰，讓人想起了之前看過的月凝湖。

我下意識壓低了呼吸聲，小心翼翼地跟在學長後頭踏入空間走道，很害怕在人家這種幾乎完美的力量空間踩出黑腳印什麼的。然而還沒等到我謹愼完，面前陡然一亮，不是正常日光般的明亮，而是帶了點不祥氣息的火光照明。

接著，是撲面而來的眾多邪惡氣息。

幾乎同時，我突然有個奇怪的想法沒頭沒腦地冒了出來——

我是不是又忘了什麼？

※

烈火熊熊燃燒著的是我熟悉的左商店街。

平常人來人往、熱熱鬧鬧，到處都是奇怪東西、雞飛狗跳的大鬧市，此時門面全陷入黑紅色的火海，人潮已經不見，取而代之是潮水般、源源不絕的低等鬼族，活像炸開的螞蟻窩，密密麻麻的，噴濺得四處都是。

在燄之谷時因爲有些距離，所以衝擊感沒這麼大，但當泰那羅恩的空間走道打開時，最靠近我們的一批低等鬼族起碼就有幾十隻，嗅到乾淨氣息、回頭的瞬間，上百雙灰色、黃綠色的眼睛全帶著惡意，層層疊疊的不善壓力一口氣擠了過來。

就算是容易捏死的螞蟻，數量一多，還是足夠噁心人，估計就是現在眼前這個感覺。

大王子皺起眉，動作優美地一甩手，衝到我們面前的幾隻鬼族腦袋立即被看不見的刀鋒給削下來，短短一秒，大量黑色腦袋籃球般滾了一地，還發出奇怪的噗哧噗哧消風聲。不知道爲什麼，那些鬼族的頭就這樣癟了下去，接著凝上冰霜，散成了冰塵消失無蹤。

「三條空間走道連上鬼門，還有食魂死靈與黑術士。」大王子雲淡風輕地開口說道，期間還把我們周圍的鬼族迅速變成粉塵，直接淨出一片空地，開掛開到不行。「你們先回去。」

說著，精靈王子向前踏了一步，那些沒什麼智商的低階鬼族像是看見什麼恐怖天敵，被無形的魄力逼得不約而同地發出嘶啞咆哮聲，往後退開了好幾步。

我其實很擔心左商店街的人，像是老張他們，不知道傷亡如何。雖然每次去都買到怪怪的東西，但是常常有人給我小零食吃，好心地跟我說哪些有特價……現在一片火海，不曉得那些商家有沒有事。

正茫然間，有人直接拍上我的肩膀，轉頭一看是學長，他已經甩出自己的幻武兵器，身旁的夏碎學長周遭則是繞出一圈不明符咒，閃著白色的螢螢光點，看起來莫名漂亮。

「別擔心，商店街的防禦很穩固，從以前到現在都是商店街先被襲擊，接著才是學院，沒有這麼簡單被擊破。」

像是要證明學長所說的話，那些圍繞在我們附近、越來越多的鬼族，還在找隙縫想要撞破大王子設下的防護時，火海裡的左商店街突然傳來尖銳的長嘯聲，露天攤棚區域再往內一點的位置，某種東西衝出了大火，挾帶著火焰在高空轉了一圈，優雅地甩開雙翅，金色帶有赤紅的翅膀完整展開後像是巨大的穹頂，那些火焰在振翅之下居然逐漸轉弱。

拉長身形、變得巨大的金鳥有著明亮的雙眼，極為不屑與高傲地鄙視著滿地的低等鬼族，牠微微偏過頭往我們這邊……應該是往大王子看來，一精靈、一金鳥對上視線，金鳥點了點頭，而大王子做了個相應的招呼動作。

因為鳥轉動了頭部，所以我看見牠腦袋上飄著一顆流光通透的珠子，透出的光輝驅散上方黑雲，露出原本的晴朗天空，也不知道是什麼珠……等等，這形象……我靠！不是吧！

左商店街裡居然有這種東西嗎！我從來不知道啊！這些居民太可怕了吧！

我正驚嚇過度之際，一道輕柔但飽含刀般威嚴的冷酷聲音在我腦袋響起，我反射性知道這是「公共廣播」，現場不管是鬼族還是螞蟻應該全都聽見這聲音了——

「你姥姥難得路過蹭野食吃個飯，你們這些不長眼的髒東西竟然敢隨地放火打擾我！」

金翅鳥微微瞇起眼睛，威武的鳥臉上寫滿了用餐被打擾的高度不悅。

大鳥還沒發難，地面又是一陣山搖地動，震幅之大，連那些蟻群般的鬼族都跟著左搖右擺，接著滿街火海竟就這樣被「抬」了起來。空氣中好像有看不見的隔膜，硬生生將火焰與街道、建築物分離開，然後「頂」上來，頂出一個凸起來的弧度。

隱隱約約，弧形輪廓漸漸顯現出來，上面還有花紋，猛一看其實有點像……龜殼？

移山般沉甸甸的聲音從地底傳來，隨著那越來越往上的大龜殼一起傳出：「這兩年的攻擊眞是越來越頻繁啊，連黑術士都跑出來湊熱鬧，活這麼久還眞沒遇過像這裡這麼熱鬧的。不過這些東西既不可愛也不美，看起來挺煩人的。」

雖然聲音變得和龜甲一樣厚重，但是我一聽還是聽出話裡有點熟悉的嗓音和味道。這規模根本不該叫百年老店吧！這老烏龜到底裝什麼年輕！最好百年的龜可以長成這樣，是想害自己的同族被多少人誤會！

大龜殼抖了下，那些帶著黑暗氣息的火焰就這樣被抖落，隱藏其中的大批鬼族被震出來，密密麻麻地從殼甲上摔飛出去。

泰那羅恩輕輕揮了下手，我們上方立刻張開另一重結界，瞬間十幾個鬼族從天而降，乒乒乓乓地砸在上面，有些沒反應過來的直接撞出恐怖的骨骼折斷聲響，手腳斷裂地摔到一邊還不肯放棄，嚎叫著帶著黑血往大王子的結界衝撞撕咬。

同一時間，我又聽見那種細微的耳語。

不知道為什麼，某種奇異的感覺湧上來，這些鬼族已經沒有最一開始那麼讓人感覺害怕，反而有種深沉的悲哀感……這些最低等的東西幾乎沒有自己的思考，滿心想的都是破壞世界與生命，搞不好路過看到朵花都要踩扁，只要高階鬼族一呼喝，它們就會像這樣，沒有任何價值般地作為肉墊小兵去衝撞敵人。

然後它們能得到什麼？

污染其他生命，讓很多人跟著扭曲之後，它們顯然也沒有快樂或喜悅，沒死的只是轉頭又去當下一波的免洗卒子。

扣除原本就在獄界土生土長的原住民，其他的本應該是不同世界、不同種族的生命吧，很可能先前只是個普通、毫無力量的小老百姓，或是被污染、或是因為野心願望而自我扭曲，毫無二致地變成現在這個樣子。

——那些人後悔過嗎？

我在殊那律恩的記憶中明白一件事情，有些鬼族其實仍記得自己原先的模樣，只是承受不住，簡單來說就是瘋了，一邊發瘋，一邊想要把更多生命拖進它們的黑暗裡，一點也見不得別人好。

看著撞斷雙手、趴在結界上被燒黑半個身體的扭曲鬼族，它的青灰色眼睛剛好與我對上，瘋狂嗜血的意念和語言傳來，透出它將自己困在這個世界的原因——「吃吃吃吃吃……殺殺……去死……我得不到的……沒人可以……殺死殺死殺死……吃……」

那瞬間，我覺得自己好像和什麼微小的存在連結在一起，我覺得我聽得見它的聲音，而它多多少少也能聽見我針對它的想法，於是我順應那個感覺，淡淡回了它一句話。

「所以，你後悔了嗎？」

剎那間，鬼族不自然地全身僵了幾秒，好像被電到一樣。

然後，它低下頭，趴到地上。

四周空氣突然寂靜下來。

我看見那些包圍網的鬼族像同時被按下暫停鍵，一個個動作停格，接著彷彿老人般，動作緩慢地往地上蹲下去，好幾個乾脆和第一個一樣趴了下來，猛地一看，貌似正在舉行什麼邪教儀式，然後我們就在儀式圈的中心點。

學長和夏碎學長立刻往我看來，意外的是，大王子竟然好像完全不覺奇怪、也不在意，視線根本沒放在我身上，而是略微瞇起狹長的眼眸，注視不遠處空中逐漸凝結成形的一團黑色霧氣。

商店街大龜抖掉身上最後一抹火焰，就像個大型防護罩般蓋在整個左商店街，龜甲上走出了拿著煙桿的小孩，那個常常給我小零食的老張吸了口煙霧，輕飄飄地踏著一地不敢反抗的鬼族背上走過來。同時，空中的金翅鳥停立在龜甲上，收斂起破開天空的招搖羽翅，搖身一轉，平空出現個十五、六歲的金髮少女，揹著手大搖大擺地跟在老張之後。她一身華麗的淡金色絲袍，寶珠繫結紅線掛在胸前，腳下蹬著火紅色的刺繡鞋子，踩在空氣中，附近的低階鬼族便被震碎，一條如同鬼族屍塊鋪出的地毯，直接朝我們延展。

「可愛的小新生也算是長大了啊。」老張踩在那隻燒一半的鬼族腦袋上，瞇著眼睛看了我半晌，然後伸出手，一個小錦囊掛在他的手指上垂下來，「喏，今天不營業，不過爲了回饋我們長期愛用客戶，還是請你吃個梅子球。」

我小心翼翼地接過來，有點怕怕地看著正歪著腦袋盯著我看的金眼少女，後者帶著說不出的魄力，完全沒想管別人感受，大剌剌地看了一會兒才轉向學長：「怎麼，這是繼承人嗎？看起來才剛開智慧，他們這族不怕前途堪慮嗎？沒見過氣息這麼混亂的新任。」

「沙摩奴閣下。」顯然認識這隻金翅鳥的學長態度很恭敬地行了個禮，「這不是族長，只是他們一名血親。」

「喔。」金翅鳥很快就對我喪失興趣，踩碎了邊上的鬼族之後盯著泰那羅恩：「你爹怎麼讓你出冰牙族了，你上回在七路幫忙對付毗魔天的……」

「承蒙惦記。」泰那羅恩似乎不太想讓少女把話說完，輕巧截斷對方的話語，「我送孩子們回來學院，如同閣下正巧路過此處出手相助。」

「那你不用出手啦，左商店街那黑術士呀，我和老張就夠咧，你還是趕緊回你爹身邊去靜養得好，封印毗魔天的後遺症沒這麼好處理的，我家那幾隻鳥啊，大的小的沒事就在腹瀉拉火，鳥巢都不知道燒了幾次了，這兩天才好的，你看我都得到處替他們跑腿，工作全落在我身上了。」少女豪爽地搧搧手，感覺不會看精靈臉色般繼續口無遮攔；大王子可能是剛剛打斷了一次，不好繼續打斷人家，就讓她唧唧喳喳地說：「神魔封印太不安定啦，萬年大結界反反覆覆修補，你們估計也忙得很，不知道這些年跑了多少奇奇怪怪的東西出來，大家可真都忙得要死……」

這金翅鳥如果去參加保密大賽，八成第一時間就會被淘汰吧。

不過少女的爆料還沒講完，大王子原本注視的黑霧走出了兩名全身黑漆漆、頂著斗篷兜帽，標準黑暗同盟黑術士打扮的來者，陰森森地一左一右站著，像是鏡面投影般的雙生。

我立即反應過來爲什麼自己有這種想法，那兩個黑術士身上散發出來的黑暗氣息莫名相似，一樣黏黏稠稠、帶著一絲刺鼻的肉類腐敗氣味，無形地在空氣中扭曲擴散。

本來趴在地上不敢動彈的鬼族們迅速左右散開，像在恭迎什麼大人物，動作一致得如同經過訓練。剛剛才建立起來的奇怪連結同時潰散，那名鬼族在想什麼完全聽不到了，有隻看不見的手抹掉連繫，反向帶給我深具威嚇的壓力。

我正想嘗試戳回去，大王子白皙的手擋在我面前，輕聲開口：「那亞教給你的，你還未完全熟練，到此爲止吧。」

被這麼一說，我也只好乖乖摸摸鼻子，不敢再偷偷亂搞。

反倒是一開始就站在精靈結界外的老張和金翅鳥悠悠哉哉地回過頭，兩人上下打量了黑術士，少女直接嗤了聲：「別裝著藏著了，要不大方地讓你們的後代子孫看看下場吧。」

後代子孫？

我眼皮一跳，不知道爲什麼突然有種很不妙的預感——我不太想知道那兩個頂著黑術士裝扮的存在外皮下是什麼樣子，少女這話莫名讓我感到危機，雞皮疙瘩快速炸出。

沒打算給我時間逃避，兩名黑術士毫無預警直接揭開斗篷兜帽，露出來的臉平凡無奇，甚至可以說如果沒注意，光看外表會以爲他們只是一般人類兄妹……他們的臉很相似，雖然蒼白了些，依然可以看得出來他們必定有血緣關係，不是兄妹就是姊弟之類的，年齡看上去很相近，眉眼也相像。

早已染黑的黑色種族力量既猙獰又扭曲，變形野獸般地從他們身上擴散出去，其中還殘留一點點我很熟悉的那種力量——

妖師一族的黑暗力量！

漫長的被追殺歷史中，我一直覺得妖師一族要不就是全都像然這樣，由首領帶領藏匿起來，要不就是跑得慢，或者發動戰爭時被殺光。

不……應該說，我認爲就算妖師像千年前那樣集體被扭曲，也是非自願的，而且當時精靈們出手將他們全送回了安息之地，不會有例外，卻完全逃避另外一種最糟糕的可能。

眼下這種最糟的可能就大大方方地出現在我們面前，用蒼白的臉居高俯瞰底下的白色種族，接著與我對上視線，露出鄙夷的不屑目光。

「沒想到妖師一族的人對白色種族搖尾乞憐啊。」

開口的是兩名黑術士中較矮的女性，她很可能還比我矮半個腦袋，身形嬌小，蓄長的黑髮梳到腦後紮成一團盤起來的蜈蚣辮，上面還裝飾著看不出品種的奇怪黑花。兩人相似的長眼眼尾微微翹起，像是一條微笑的眼角，然而現在因爲神色太過陰森，這種帶冷笑的眼神讓人倍感邪惡。

女黑術士瞇起那雙眼睛，赤裸裸地對我表示嫌惡。「當代兩名妖師力量者，白陵家的小子縮頭藏尾，收攏族人逃避隱世，做一隻反抗都不敢的懦弱烏龜，眞是掃了我們妖師一族的顏面。這個更好了，直接跪在白色種族鞋邊舔腳，連尊嚴都沒有。」

「鵲，不用與他們囉嗦太多。」男黑術士無溫地開口：「既然這小子在此，直接帶走。」

「當你姥姥死了嗎！」金翅鳥喝了聲，尖銳鳥嘯貫破天際，地面一震，空氣立即顫抖起來。「投靠邪惡的小輩還敢來我們面前叫囂。」

「老太婆，這我們族內的事情，少在那邊鳥叫！」女黑術士瑟縮了下肩膀，態度非常惡劣地回嗆。

「等等，你們已經不算同一族了吧。」因爲前有金翅鳥，邊上還有大王子和學長他們，在保護結界裡其實感覺不太到那些黑暗方的壓力，沒人阻止之下，我直接出言吐槽這不知道是哪一代的妖師族人。「嚴格來說，你們現在是鬼族，沒有什麼『族內』的問題。」

「無知小兒！」女黑術士斥罵了聲：「滾回去問問你們族長！我們『百塵』家是不是『族

內！』」

百塵家？

我愣了愣，從來沒聽過有這個分家。

與此同時，細細的意念傳到我腦袋裡，是那個男黑術士冷淡的聲音：「我們根源相同，奉勸你，不要太相信這些白色種族，別忘記當年他們闖進妖師本家做了什麼事……你竟然這麼寬宏大量地和這些凶手站在一起嗎？曾經的妖師一族先輩會如何看待你……哼，連我們這些鬼族都不如的東西。」

什麼意思？

當年妖師本家被追蹤、遭受襲擊時，死的是然的父親、也就是上一任族長，這點他們已經重新釋出記憶讓我知道，難道還有什麼人也出事了嗎？

仔細想想，直到現在爲止，我在本家只看過然和辛西亞，在那裡出入的人相當少，甚至沒有看過然的母親！

所以是……

肩膀被拍了下，正在認眞思考的我差點被嚇得整個人跳起來，回過頭，看見學長盯著我，臉上沒太多表情，完全不知道他是正常心情還是狂暴邊緣，讓我反射性不自覺吞了點口水。

「這邊交給他們吧。」學長身後張開了空間走道，似乎不打算讓我拒絕。「回學校。」

踏進空間走道那瞬間，我不自覺回過頭，看見男黑術士帶著嘲諷戲謔的神情瞥了我一眼，被截斷前的意念與他的口形最後傳遞給我一句——

「白色種族的走狗。」

第二話　百塵一族

我們回到學院時，周圍一片寂靜。

學長傳送點的目的地是某片花園，我覺得有點陌生，也有可能是我們不在的這段時間裡花園又自主變形過，以致於認不出來。本來應該在這裡的小動物、小妖精都不見了，花園裡除了沒有拔根逃跑的植物，看不到其他生命體。

站在這裡，我可以感覺到校內的各種守護都在運作，幾百種力量感像是齒輪般彼此咬緊轉動。上一次被鬼王攻打過後，學院針對一些可能的缺口進行了新一輪加強鞏固與設計，後來聽其他人說，這次改良版的強度大概是隕石砸下來都不見得砸得進學院裡的程度。

看來新結界眞的很有用，校園裡沒有看到鬼族，氣息之類的一絲都沒透進來，雖然沒遇到其他活物，氣氛也很肅靜，不過顯然校內與正在外頭的危險完全隔離了，師生短時間內應該都不會有什麼危險。

「你有問題可以問我。」

「嗄？」

我呆了幾秒，一時沒意識到學長講這句話的意思，反應過來後只覺得他殺氣有點重，怕又被搧巴掌。

跟在一邊的夏碎學長想了想，比較溫和地開口：「對於剛剛的黑術士，如果你有疑問，就直接問吧，冰炎如果知道什麼就會告訴你，我們都不明白完全解開限制的妖師力量會產生什麼變化，但你們的血緣力量是源自於精神，現階段盡量別胡思亂想比較好。」

「呃……」他們這種想法也是沒錯啦。我稍微把剛才的事情在腦袋裡整理一下，告訴他們黑術士帶來的話語。其實也沒有多少，畢竟丟到我腦裡的也就那兩、三句，我也還滿頭問號。

「百塵嗎……」學長沉思了一小段時間，然後轉頭看向花園中間的小涼亭，示意我們先到那邊坐下。四周仍然很安靜，等到三人坐定後，他才繼續說道：「我曾在我父親那邊聽過，最初始，妖師一族其實不像現在這麼單薄，作爲世界大種族之一，妖師一族似乎也有力量分支，雖然不算太多。」

「就像精靈族也有分螢之森和冰牙族這樣嗎？」仔細想了下也對，妖師一族可以掌控毀滅世界的兵器，幾乎身爲黑色種族之首，只有少少的這些人，或是凡斯那個規模不算大的村子，其實是有點怪異的。總不能妖師一族要毀滅世界時，自己人都不夠用吧。

原本我想說大概是因爲妖師一脈單傳，以前可能人口較多，村落比較大，一直被追殺到只剩少少幾十個，倒從來沒想過妖師一族有好幾個分支的可能，只是被迫害到剩最後一支，看來我的想法還是太單純了。

「對，凡斯所在的是原生力量一族，就是現在所說的白陵本家。但是我父親說凡斯曾經提及，最早時候其實應該是有三個家族，以本家的心語主控陰影為首，百塵的天網輔助，第三支很早就沒了，到凡斯這代也沒聽過真實的族名。」學長停頓了下，微微皺起眉。「只是凡斯年代時，百塵家早已經沒了，最後幾人也都併入白陵本家中，我向父親與兩位殿下詢問過，只知道百塵分族在數千年前突然內部崩潰，原因不明，隨後遭到白色種族逼殺，便徹底毀滅了。」

聽起來是好久以前的事情了。

既然凡斯都不清楚，那繼承記憶的然恐怕也不知道另外兩族更多的事情吧。

這個時間點，傳說的百塵冒出來又是有什麼目的？

想不出個所以然，不過可以確定百塵有些人墮成鬼族了，現在還上位變成黑術士幫助裂川王和世界對著幹，恐怕我要快點和然聯絡告訴他這件事。都不知道會對現在的妖師一族有什麼影響，我看學長兩人當下全身有點發毛，透出不明所以的恐怖。

「不過天網是什麼意思？」陰影和心語我懂，不過這個感覺就抽象了。

「據說百塵家很擅長術法，特別是製造空間術法，我推測原本是輔助黑色種族在末日時徹底掌握空間與時間，進行完全摧毀。」

看著學長，他可能也在搜索自己的記憶，想要連結出什麼結論。於是我也認眞地想了半晌，很直覺地感嘆了下：「學長你眞有心啊，把妖師一族的事情打聽這麼多，不知道的還以爲你要去追女……」

後腦頓時炸開熟悉的爆痛，我摀著被搧的後腦趴在桌上，覺得超級無辜。

這年頭開個玩笑都不行了嗎！

坐在一邊的夏碎學長倒是不失禮貌地微笑了下。「這也沒辦法，一直以來你們都揹負著血緣命運，冰炎花了許多時間追查三王子所有遺留的事物，可惜黑色世界的歷史有許多斷層，早年戰爭時更不可能透露給外族，無法追溯的過往太多了。」

其實這也沒錯，看看沉默森林都關起來搞自閉了，更別提被追殺的妖師一族。

我邊拿手機發簡訊給然，一邊突然想到在獄界時應該幫三王子多拍幾張照片留作紀念……不過以前學長拍照都是模糊的，後來我才聽說是因爲他們身邊有著各種結界和力量保護，所以才不會留下身影；當時拍殊那律恩的話，十成九會是天然馬賽克吧。

訊息發出去後，然並沒有立刻有反應，連已讀都沒有，我默默收起手機，旁邊的學長也站起身，好像是在等我通報完才要開始動作。「百塵家的事白色世界的歷史恐怕不會有太多記錄，等這邊事情過後，我再請『他』在黑色世界打聽看看，如果那兩個黑術士眞的是百塵族人，那很可能……」

學長的話還沒說完，我瞬間突然感覺腦後一片冰冷，全身寒毛炸起，還沒反應過來發生什麼事情，已在第一時間甩出米納斯，周圍也迅速爬上了一層厚厚的保護結界，學長的幻武兵器整個橫在我們面前。

小涼亭外，被凍結的空氣像讓人割出一道傷口，從傷口裡流出了黑色的血液，帶著毒素滴落到花園泥土上，傳來一陣焦腐的惡臭；接著傷口被扯開，從裡面走出一個經典黑術士打扮的人。

無數紅色眼睛出現在他身後的切割空間中，閃爍著一眨一眨的，讓人看得全身雞皮疙瘩都立起，炸得頭毛髮尾全都是。

所以說，學院還是被入侵了啊！

從血色黑暗走出的人沒有掩蓋他的魄力與殺氣，一出場，我就感覺到保護術法沒辦法完全擋住的威脅往我們頭頂按下。

幾道黑色身影閃出，以小涼亭爲中心，銀色術法線交錯拉出，眨眼織成一張八角大網覆蓋在入侵者身上。

趕來的八名穿著制式長袍的人看來是學院的守衛，那身衣服和以前學院發給我穿去參加大運動會的有些像，不過是全黑的，而且是修身款，看起來超成熟。

然而校園守衛還沒開始發威，銀色線條在空中突然發出清脆的繃斷聲音，刹那間全斷個粉碎。

「小輩，滾開！」

沉重的聲音喪鐘般敲響，看不見的力量直接把落在八個定點的守衛撞飛出去，在他們還沒落地前，幾人身後同時撕開裂縫，迅雷不及掩耳地吞吃掉所有守衛的身影。

同一秒，學長甩出的槍尖已經刺穿對方的黑色防護，直接貫穿他兩眼之間，然而鏡花水月般的殘影輕輕搖晃，黑術士的身影像是要嘲笑這攻擊，站定的位置只比原先偏移了幾公分，甚至還游刃有餘地抓住攻勢猛烈的槍身。「亞那瑟恩的兒子嗎？」

「真正的黑術師嗎？」學長張開手，被黑術師抓住的幻武兵器炸出火焰，接著液化開來，還沒滴落地面就完全消失，重新出現在學長掌心上。「看來外面那幾個黑術士是你帶來的子弟兵吧，閣下又是過往百塵家的哪位？」

黑術師緩緩揭下自己的斗篷兜帽，出乎意料之外，底下不是蒼老、也不是什麼極具威嚴的面孔，暴露在空氣中的是張鑄鐵臉孔，活像某些電影會出現的驚悚畫面，這個黑術師整個頭顱被一層黑色的鐵還是其他金屬完全包覆，面孔則是一張詭異的哭喪臉，與脖子皮膚的銜接處有一圈焦黑色的死肉，不曉得維持這樣多久了，看著都讓人脖子痛起來。

那種帶來不安的沉重聲音從面具裡面傳出：「百塵，首領。」

「堂堂一個曾經的黑色種族首領淪落成為裂川王麾下，不覺得很可悲嗎。」學長慢悠悠地晃到我們面前，神色一凜，語氣異常冷漠。「這等地位的人，何必來為難我們這些小輩，看來換個位子也換個腦袋這事情果然不假。」

「別耍嘴皮子。」黑術師森森回應：「你的身體不是最佳狀況，後面那個藥師寺家的小子只能倚靠靈符。白陵家的小鬼在我們這邊不會有生命危險，你們還是識時務點，看在亞那瑟恩一族對妖師伸出援手過，饒你們一命。」

「那可眞是謝謝了，不過我父親想必也不太需要讓陌生人賣他面子。」學長擋在我們前面，夏碎學長則是點出了幾張幾乎透明的符文，有些危險的風刃在我們四周轉出，帶來低低的龍吟聲。

「無知，你們太過年輕，不知道歷史背後其他的事。」對於學長，黑術師似乎比較和顏悅色一點，沒有先前外面鬼族和黑術士那種敵視殺戮的意味，聽起來還眞的好像是看在過往三王

子的份上。「亞那瑟恩一心為了種族和平驅逐邪惡，但換來的是什麼下場，你們這些小輩真的認為他的死因單純就是戰後污染嗎？殊那律恩那冥頑不靈的小子，一輩子都想和我們對抗，解析食魂死靈，最終世界接納他了嗎？他們付出了那些，現在還有多少人記得，曾經的舊人提及也不過就是悲哀的三王子和獄界鬼王，留給人的印象真有那麼美好嗎？」

「……」

「那邊的藥師寺小子，你們家族長久以來為了某些人犧牲生命，死得有價值嗎？到現在，你們在世界佔了多少位子，死者的名字還有人留念嗎？你認為你們的死亡真的遏止住某些事嗎？你從沒想過你們家族究竟為何要付出這些，起源又是什麼，到底是誰給你們這種一命換一命的使命？不覺得完全違反自然定律嗎？」

黑術師似乎很熟悉我們，直接戳著我們三人的痛處。接著他看向我，呸了聲：「白陵家的小子，妖師一族走到現在這種地步，別說你什麼都不知道。運用古代大陣，擁有千年前妖師首領給你的先天能力，不會用就算了，連血親的仇恨你都報不了，還在這裡裝傻過日子，白陵然和褚冥玥這兩個早就知道真相的人把你蒙在鼓裡，當你是隻被圈養的豬狗，每天只讓你吃吃喝喝混日子，你還拿他們當兄姊崇拜嗎？」

「你什麼意思！」先前在外面就有的不安感突然大片冒出，我向前走了兩步，被夏碎學長拉著。稍稍停頓了下，我用力深呼吸，才讓自己冷靜一點。「妖師一族現在過得很平穩，已經有其他人在支持我們……」

「褚冥漾，只問你一句，親人死仇你報不報。」

黑術師的話讓我整個怔住，一時之間反應不過來他到底是什麼意思。

「不管他發生什麼事情，我們都會幫他，輪不到一個黑術師來插手多嘴。」學長厲聲打斷黑術師的蠱惑。

我猛然回過神，才發現全身出了冷汗，手腳無力，好像因爲對方的聲音而著魔，腦袋一小段時間內沒辦法思考太多。

「冰炎。」夏碎學長輕聲開口：「著道了。」

學長皺起眉，快速在我們身邊點出幾個銀色光點，一層一層的法陣在我們腳下張開，拉出大量嚴密的保護層。同時，學院的花園與藍天陡然一暗，我們三人瞬間落入一片無邊無際的黑暗空間，好像硬生生被換到了其他地方。看不見邊際的黑暗裡，一雙雙血紅色眼睛睜開，帶著讓人全身發毛的恐怖視線，不斷投射到我們身上。

黑術師發出低低的冷笑聲。

我們被轉移的過程非常迅速，幾乎是眨眼間便落入圈套。我知道剛才學長和對方對槓是在等學院的第二波守衛過來，通常過來的一定是黑袍等級的人，顯然他們並沒有來得及阻止我們被轉移出去，也間接證明了眼前敵人神通廣大，真的能夠操控空間術法。

這種黑暗種族出入空間的神出鬼沒技術，我只在一個人身上看過，就是安地爾那個掃把星，現在出現第二個，很可能還在他之上。

「你以爲精靈守護可以保你們多久。」黑術師並沒有第一時間打破學長的陣法，反而像是看小孩玩耍般，透出詭異的慈愛語氣：「區區十多年的精靈，只是比平輩強了那麼一點，就算你繼承王者力量和記憶傳承又如何；與亞那瑟恩全盛時期差得還很遠，你們這些新生代都被保護得太好，沒見識過眞正的地獄。亞那瑟恩看來也沒告訴過你，他之所以會被污染得那麼快，甚至必須躲藏到獄界裡，是另外有內情吧。」

學長微微瞇起眼，握著幻武兵器的手指緊了些。

「殊那律恩一個時不時在和食魂死靈打交道的精靈，甚至上的戰場比亞那瑟恩一輩子應對的不知道多多少倍，更別提他還是個精靈孩子之身就在沙場上奔走，深入地與黑暗術法對抗。這麼多年來，殊那律恩被污染了嗎？更別說進入『地下』、曾經參與黑暗時代的泰那羅恩，爲什麼只有亞那瑟恩會在一場戰役裡被毒素污染？直到最後連命都沒了，你們沒有想過這個問題嗎？」

黑術師像是有點憐憫地笑了幾聲：「可憐，你們太弱了，因爲弱而無知。」

我盯著學長的背後，第一次看見學長這麼猶豫的背影。以往學長給我的感覺是強大外加史前巨獸，可是現在他遲遲沒上去往對方臉上來一槍，還是炸了那個鐵面具，這和他的暴躁個性完全不相符。

「你們放棄抵抗吧，乖乖來到我們這邊，很多事情，你們過來就會知道眞相。千萬年來，我們百塵一族遊走在黑暗和死亡裡，那些種族的惡事沒人比我們更清楚。」黑術師的聲音更加誘惑了些，像水波不斷晃蕩過來。「在這個空間裡，你們也逃不了，幾個孩子還想在高階時空裡來去自如嗎？」

「他們不行，我行。」

水晶般的聲音打破黑術師無形中建立起來的魔障，不知道什麼時候也出神的我再次驚醒過來，看見黑術師被破空而出的水晶小珠子打得倒退一步，晶瑩的水晶小珠在鐵面具眉心上打凹了一小點，然後破碎。

白色微光切開黑暗的空間，幾顆紅色眼睛被撕扯得鮮血淋漓，扭曲起來。

重柳青年的身影眨眼出現在我們面前，擋在最前方。

黑術師盯著從他頭上掉下來的水晶碎片，接著紅色的視線轉向重柳族身上。

「無名的死亡時間。」

他用一種很奇怪的稱呼喊了重柳青年，森冷地開口：「怎麼，重柳族最大的敵人不是妖師一族嗎？忘記他們殺死多少時間種族的人嗎？你看似年輕，不過也活了很久，還這麼不懂事嗎？」

「他沒有殺死我。」重柳族毫無起伏的冷清聲音給了對方一句。「比起妖師，黑術師，更該誅。」

「強弩之末！」

接下來他們沒再交談了，黑色空間轟的一聲劇烈地爆炸開來——是眞的爆炸，規模簡直就像當年我拿爆符轟了公園一樣，黑暗巨震驚天動地，學長瞬間轉過身把我和夏碎學長按在陣法上面，大半守護法陣都被炸飛，根本無差別攻擊。

雖然被保護在裡面，不過我還是被震得頭暈眼花，天南地北還沒把魂抓回來，立刻被人暴力扯住後領，一點緩衝都沒有地硬生生從地上拖起來，抬頭就看到學長的臉。

「快跑！那個人對付不了！」

學長扔了這句給我，活像抓殘廢一樣拽著我就往前衝。

這時我才回神，看見夏碎學長跟在我們旁邊，表情也很嚴肅。

不知道空間爆炸後我們被炸出去多遠，莫名出現在一片長滿荊棘的山丘上，兩側快速轉出的法陣通道排除了那些刺都能把人戳成串燒的恐怖荊棘，讓我們得以迅速通過整片危險。

很快地，重柳族從後面追過來，他身上非常狼狽，平常包在臉上、身上的斗篷和布罩都被炸散了，衣服呈現一個流浪風的狀態，那張誰看到要殺死誰的漂亮臉孔完全曝光，淡銀色的圖騰在他臉上微微散出絲縷光芒，臉頰上好幾處割裂傷不斷冒出白色血液，看起來差那麼一點點就會被完全毀容。

「我不是最好狀態，跑快點。」

好心來救人的重柳族甩了這句給我們，然後伸出手把我拽過去，我都還來不及說我其實應該可以自己跑時，他直接把我整個人像扛瓦斯桶一樣甩到肩上，加速衝出好大一段路。

不管怎樣我還是個人，直接被頂在別人肩上差點把胃裡面的東西噴出來，不過在暴吐之前，首先我想起扛我的人是重柳族，恐怖的心情逼得我又把嘔吐的感覺給吞回去。

三人衝衝撞撞好一段時間，荊棘山丘被甩在後頭，出現在我們面前的是一大片黑色細沙斜坡，重柳族一點招呼都沒打就把我甩到斜坡上，並用力一推，跟著在我旁邊從超級陡峭的沙坡上快速往下滑。

我在大翻滾之前的最後一眼看到學長和夏碎學長也跟著跳下來，隨後整個人就沙包花式打滾到腦漿都混成一團，好一陣子眼前整個發黑，直到撞到某物才停止，我反射性就往旁邊一趴，往黑沙大吐特吐。

這次重柳沒再叫我們繼續往前跑了。

等到我吐完，頭暈眼花的狀態好一點後，才看見他們三個正非常警戒地環顧四周。眼前所見全是黑色的沙，滿滿一整片，天空也是陰暗的，不透光，但能見度尚可，勉強可以辨認出這地方應該是極為陰暗的白天。

「白色世界的對接走道都被堵住，這裡安全點。」重柳族咳了聲，血花被吐到一旁，他好像不是很願意露出自己虛弱的模樣，但仍慢慢地在沙地上坐下來，連聲音都放輕了不少。「百塵鎖應該是提早布了陷阱，你們學院的連結全被阻斷，我必須花些時間繞過空間陷阱。」

夏碎學長沒有說什麼，點出了幾張符咒後在我們周圍布下簡易設置，將這地方隔離出一小片臨時營地。

等到一切完成後，學長才坐在旁邊開口：「這裡是妖靈界吧。」

「……」

我有點不知道該吃驚還是該驚嚇，一般不是衝破綁票大多會被扔回本來的地方嗎？為什麼我們直接跨界了！

「嗯。」重柳族按著自己的胸口，咬牙低低抽了口氣。「百塵鎖很快就會追蹤過來，待會帶你們進行轉移。」

就在他簡短幾句話之間，已經破爛的衣服下又滲出血水，我都可以看見他的皮膚正在裂開，慢慢轉為血紅的圖騰好像在侵蝕他的身體。

說起來，他和我們到獄界、被殊那律恩他們送出來之後，是怎麼在這麼短時間裡重新追上我們？又為什麼出手救我們？

「失禮了。」夏碎學長取出一些藥物，定定地看著重柳族。「能嗎？」

接下來，氣氛整個壓抑得詭異。

我和學長在旁邊看著夏碎學長幫重柳族處理傷口，一些根本碎成布條的衣物被除下來，我才發現他身體受創得比原先想像的還要嚴重，大大小小的裂傷隨處可見，有些癒合有些又再次裂開；有的包紮過，有的還來不及包紮……他居然用這副讓人怵目驚心的身體到處亂跑！

夏碎學長皺眉著一一幫忙上好藥，乾脆把那一堆破爛衣服全拉下來，從自己的小空間裡拉出一套衣袍塞給無言的重柳，對著他微笑：「請將就一下吧，我認爲您的衣服變得太過顯目，不利逃亡。」

「……」

重柳族還眞的乖乖轉過去換衣服了！

卸下那一身木乃伊的緊包式打扮後，穿著夏碎學長的便衣，重柳看起來似乎比較像一般好親近的人一點了，至少很像個年輕大學生。

好的，於是現在我們外表上看起來像四個莫名其妙被惡勢力追著跑路的學生黨了。

※

「那個……剛剛那個到底是……」

我鼓起勇氣想要問重柳，但是他冰冷地掃了我一眼，我只好轉頭詢問學長。

「高等黑術師。」學長搖搖頭，「他們在學院外布置了大批黑術士及食魂死靈、萬魂祭門，應該是猜到會被擋在學院外，包括左商店街在內恐怕都是誘餌。他們計算好要攔住泰那羅恩等級的高手，然後由黑術師直接出手偷襲內部。」

「要抓我們？」我愣愣地開口。

「要抓你。」學長嘖了聲：「我現在認爲對燄之谷與冰牙族的襲擊也是轉移目標，如果我們在家裡待久一點，他還是會趁機做出和剛才一樣的事情。」

「……可是他怎麼知道我們會去哪裡？」我抖了下，有點毛骨悚然。

「褚。」夏碎學長勾起苦笑：「黑暗同盟與鬼族發起的攻擊，是全面性的。」

……

……

都忘記他們是大舉進攻半個守世界。

但是到底要抓我幹嘛？

這種唐僧肉待遇好像哪裡不對啊！

我反射性抬起手背聞了兩下，沒覺得自己有變香。

學長也抬起手，直接往我後腦搧下去，「又在腦殘什麼！」

「……你根本還在偷聽吧。」我含著淚水捂著腦袋，感覺委屈。

「沒有，我死之後就沒了。」學長賞我一記白眼，「講幾次了，沒有就是沒有，看你臉也知道你在想什麼，再問打死你。」

「對不起我錯了，您大人大量千萬不要和我計較。」我連忙挪動屁股，往夏碎學長旁邊尋求保護。

不過這樣鬧著，剛才低迷的恐怖氣氛倒是減輕不少。

學長看起來也比較放鬆了點，他剛剛的表情其實有點恐怖，我猜黑術師的話多多少少有點影響——畢竟他說的有道理，三位王子同樣投身在與黑暗勢力的抗爭，泰那羅恩和殊那律恩縱橫沙場的時間更久，但是他們兩人在這段時間內都沒有被陰影或邪惡扭曲，後者身邊還有個大陰影；大王子直到今日都還在斬殺各種邪惡，爲什麼獨獨亞那瑟恩的下場這麼慘？

難道僅僅凡斯的咒殺就這麼厲害嗎？

那被無數對手詛咒的大王子能安然無事到現在究竟是他本身是小強的存在，還是他是小強祖先的存在？

「現在麻煩的是，我們沒想到百塵一族眞的是空間術法高手，而且還投身在黑暗同盟。」夏碎學長在一暴力和一冷漠之間擔任了溫和的友善平衡夥伴，「若是他們眞的針對褚而來，那恐怕要藏起沒這麼簡單。」

我在這一秒裡突然感覺到悟空他們的不容易，他們到底是怎麼把腦部思考奇特又碎嘴的師父一片指甲都沒掉地送到西方？

我都覺得如果我是護送人，早就把他搥死然後逃跑。

「你們還必須躲避重柳族的追蹤。」窩在旁邊的重柳終於又迸出聲音。「他們在白色空間布下很多陷阱，追蹤妖師一族。」

……

所以重柳族到底和妖師一族有什麼仇啊！

「如果暫時沒有地方可以去，要不要先到雪野家的祭龍潭。」

夏碎學長打破詭異的靜默，微笑地提出意見。「那是雪野家家主十年一次龍神大典與龍王們交談的祭祀禁地，近似狼神的神廟，也擁有龍神守護。我想應能不被黑術師或重柳族追蹤到。」

「一旦被追蹤到，可能你家的龍神祭壇會被砸掉。」學長語氣實在是太過平常，完全不像在陳述災難性的未來。

「那倒是，不過龍神們的報復心很強，我想砸了祭壇後，破壞方可能也會得到顛覆性的毀滅呢。」夏碎學長的態度更加恐怖了，講得好像要把黑術師和重柳族帶去什麼遊樂園一樣輕鬆，還順便要把龍神給拖下水嗎喂！雖然我不太清楚，但是龍神聽起來應該是雪野家的守護神或主神啊！這樣眞的可以嗎！

「暫時不用。」重柳打斷恐怖的談話，淡淡地說道：「打起來沒完沒了。」

還好我們四個裡面還有一個是思考正常的。

接下來沒人繼續說什麼，大家都抓緊時間將自己調整到最佳狀況。其實這樣連番下來我早就累得快趴了，身體狀態雖然一直有人幫忙整理，但是精神上已有點不堪負荷。我瞄了下盤坐在一邊閉眼睛的學長兩人，從離開冰牙族開始，我隱隱有點慶幸還好他們都在旁邊，就算那個百塵黑術師眞的很強，不過只要學長他們在，總是會有一點什麼都可以迎刃而解的心理安慰。

學著他們，我也閉上眼睛，試圖回憶與殊那律恩同步回憶時那種運用力量的感覺。

那次之後，讓人理解了精靈運用先天能力的大致方式，不刻意也不強求，而是如同呼吸一樣自然感覺身體原本就有的力量，如同我也熟悉每天入睡前的黑暗，還有那些藏在裡面的喃喃低語。

當時，我在安地爾帶來的黑色空間裡曾掌握過這種感覺。

傾聽黑暗中的話語。

然後他們就會回應我的聲音。

「外來者在呼喚我等生命嗎？」

……

我靠！我也沒想說要這麼快就有人回應啊！

猛地睜開眼睛，我跳起來，旁邊的學長三人早就揮出各自武器，直接在我身邊環成一圈，我很自然又被擋在所有人的身後。

黑色的沙層下傳來窸窸窣窣的聲音，像有點體積的爬蟲類在下方遊走，我的左前方大約一百公尺處開始陷落出個凹坑，大概半個教室的大小，整片黑沙塌得很快，馬上垮出個深深的大坑。

一雙黑色小眼睛慢慢從那個坑裡探出來，帶著他像是蠍般的黑亮甲殼……腦袋。那玩意慢慢頂出自己的腦袋，黑到幾乎能反射優美流光的甲殼身體從沙坑裡爬出來，比正常成年男性還要高很多，帶著血紅色的毒刺後尾擺盪出來，在高空中一晃一晃的，帶來了脅迫感。

黑蠍發出了幾個怪異的聲音，然而傳到我們這裡時，竟然轉成我能聽懂的意思，他語調有點奇特，慢吞吞地說著：「黑色生命的外來者在呼喚我等同類生命嗎？」

「……誤報。」我頭皮有點發麻，感覺學長等等就要搧我的腦子了。

不過等待的巴掌沒有下來，站在旁側的學長倒是收起幻武兵器，和約莫快兩百公分高的黑蠍對上視線。

「我們只是路過此處，借個方便休整，很快就會離開。」學長微微行了個精靈族的禮，理性溝通。

黑蠍晃了晃腦袋，好像在打量我們，那個奇妙的聲音又傳來：「你是……精靈？後面是時間種族，還有人類，爲什麼你們會和我們黑暗兄弟出現在妖靈界？」

到這時候我也聽出這蠍子沒有惡意了，他甚至帶了一點點的好奇，好像覺得有外界闖進來的白色生命很罕見一樣，進行著鄉民的圍觀。

「我們正被黑術師追殺。」我大著膽子，回答黑蠍的問句：「因爲與他理念不合，他現在卯起來要殺我們，還把我們可以回去的空間都堵住了，所以才不小心跑進來這裡。」

黑蠍搖爪擺尾了一下，「黑術師，我也不喜歡。他們和那些很壞的白色種族一樣，進來就殺，以前這裡有好多鄰居，都被他們殺光了，還有些去投靠魔王和惡魔、妖王，我喜歡的鄰居姊姊也是被砍掉，沒有了，我還打算長大一點跟她告白，然後來一發。」

「呃……我很抱歉。」爲什麼這蠍子講話的內容很像我以前隔壁的同學在那邊閒聊天？

「你們在逃命的話，站在這裡不好，目標太大了，沒有遮蔽物，不能回家的話，先來我家吃點東西吧。我們家很隱密的，黑術師來好幾次都找不到，有大惡魔給我們做了障眼結界，安全。」整個很鄰居感的黑蠍子竟然就這樣一扭頭，把沙坑又挖得更大一點，然後像是熱情的隔壁大叔直接帶頭鑽下去。

「他沒有惡意。」學長看了看重柳族，後者有些遲疑，不過仍點點頭。「先去避一避。」

就這樣，我們莫名其妙地跟著路上殺出來的小妖魔鑽進沙坑。

滑進沙洞裡一小段路後，才發現這貼心的蠍子居然還順便修出階梯，也不知道是怎樣固定那些流沙的。總之我們向下走了好長一段路後，上面的沙自動把來路覆蓋起來，周圍立即變得黑暗，只剩下學長和重柳身上散發微微的光芒，讓我們可以藉著弱光走樓梯。

蜿蜒的沙梯走了十多分鐘，前方開始出現黑色岩壁，而且範圍越來越大，連路都開始變成岩石，帶著我們進入一個超級大的地下洞穴。

早就已經爬下來的黑蠍很忙碌地在附近的岩壁上弄亮一些小球，應該是爲客人照明的，上面被他刮下了一層灰，看來很久沒有使用。

巨大的地底洞窟逐漸亮起後，我才看清楚這空間幾乎有幾十層樓高，寬廣的空間都不知道可以容納幾座足球場了，遙遠的對面岩壁上有片大大小小、看不出所以然的洞穴群。

就在照明沿著壁面往深處擴張出去的同時，好像有什麼被這光明給觸動，一個三層樓高的大黑洞窟裡傳出沉重的聲響，然後某種大型物體從裡頭開始往外移動，直到暴露在光亮底下——是隻比黑蠍還要大上五、六倍的巨型紅蠍，血色甲殼在黑暗微亮的地下空間裡折射出不祥的幽光，卻又讓人對這種深沉的紅感到有些炫目。

大紅蠍看見我們之後，猛地僵住往外爬出的動作，蒼老的聲音震響了整個地底空間——

「唉呦！窩滴媽！這些是什麼沒殼的怪物！」

……

……

妖靈界的居民畫風好像哪裡不對啊！

第三話　聖火蜥

「格莉瑪奶奶，您吃飽閒著了嗎，這些是白色世界來的客人。」

黑蠍那個好像在罵人的稱呼讓我從驚嚇中回過神，慢了兩秒才反應過來他是在喊那個大紅蠍子，還親切友善地爲我們做個人介紹：「精靈族的冰淵花朵，時間種族的星河銀月，人類的絨毛球球，還有我們黑色種族的兄弟、黎明的終焉。」

……

……？

蠍子轉過來，黑色的小眼睛充滿興奮的光芒，好像在等人給他稱讚。「這次我沒記錯你們名字吧！剛剛應該是這樣介紹的吧！」

「……」

「……」

「……」

「……」

不！我們剛剛完全沒有自我介紹！一個都沒有！

我看著其他三人同時沉默，可能正在想要怎麼反駁突然冒出來的神奇新名字。

不是！這麼中二的名字到底是怎麼在他腦袋裡面出現的？簡直和本人完全不符！黎明的終焉到底是什麼鬼！遊戲的三階兵器嗎？

因爲訊息太過震驚，我完全被砸得一腦門問號，來不及取笑其他人被安上的怪異名字。

說眞的這要是好補學弟來說的話，我可能馬上把他按在地上毒打一頓。

喔靠！說到好補學弟我才想起來我這次又忘了什麼，我把哈維恩他們活生生給忘在燄之谷啊！

……希望他們可以自己找到路回家。

紅蠍盯著我們看了一會兒，好像比較沒有之前那麼震驚了，老太太般的聲音突然轉爲慈祥，還有點和藹可親：「原來又是帶著白色種族跑路的黑色兄弟嗎，你也眞厲害，一次騙跑三個，還都是漂亮的孩子們，這質量和效率眞高，果然是年輕人啊，有衝勁，了不起。」

這話哪裡不太對啊！

以前還有其他帶白色種族跑到這裡來的黑色種族嗎？

「上回有個看不出是什麼東西、好像是人類一樣的黑色種族帶精靈跑去魔王城那一帶，吵吵鬧鬧有陣子呢。」大紅蠍用懷念的語氣分享八卦。「那精靈眞漂亮啊……對了，是不是和這個精靈有點像？不過那孩子比較小一點呢。」

怎麼感覺我好像知道她在說誰。

「他們到這裡來爲了什麼事情？」

旁邊的學長突然開口，極爲愼重地看著紅蠍：「您記得大約多久之前的事情嗎？當時那名精靈已經黯淡了，或是像個正常精靈？」

「你這麼說，似乎是有點黯淡，你看起來像個正常的精靈，身上都是光明氣息，可是那精靈有點奇怪，他身上沒什麼光明氣息，不說是精靈還眞看不出來。」紅蠍搖了搖大螯，很仔細地回想了半晌，「來做什麼不曉得，只是這裡很少有精靈，才會引起注意。」

「奶奶，是不是快千年前的事情？」一邊的蠍子突然打了岔。「那年魔王的小老婆生了第八個，獨角魔，還開流水席，結果分桌沒分好，吃到最後打群架放火燒魔王城，被魔王殺掉一半的賓客直接現場變成新的食材。」

「對對，就是獨角魔出生那年，當時大惡魔還有來，拿了一堆什麼神佛的右手當賀禮。」紅蠍連忙說著：「可是要做什麼這件事，你們大概要去魔王城問，在我們這邊緣地帶沒有啥問得到的。」

「……我們這樣應該去不了魔王城吧。」我看了看邊上的三名白色種族，很誠懇地說。別說他們三個光明種族了，可能我自己路過都會被當成食物吃掉。

賓客直接變成食材是什麼概念啊你們！

「也是，那精靈聽說是魔王的朋友，一般像你們這些小東西，早就在路上被獵殺了。」紅蠍和藹地說：「你們還是在這裡好好吃一頓飯吧，私奔總是要塡飽肚子才能繼續往下走，要是白色種族不放過你們，那就全投身黑暗就好啦，你看我們這裡房間那麼多，之前被白色種族闖進來胡亂殺一通後，都變成空房啦，愛住多久就多久。」

「兩位也曾經是魔王的近衛，眞的不知道那名精靈的目的嗎？」學長微微挑起眉，筆直地看向明顯頓了下的紅蠍。「如果『他』是我所認識的那位精靈，那麼他來訪魔王並不會大張旗鼓，甚至是很隱密的，您連他的樣子都知道，那必定曾經近在魔王身側……如果您想要我身上什麼物品，儘管開口提條件吧。」

有那麼眨眼一瞬，紅蠍的身上透出濃厚的殺氣，但是立即收起，快得就像是錯覺。

學長抬起手，讓夏碎學長和重柳族先別輕舉妄動。「如果他們是千年前來訪，那便是精靈聯合軍對鬼族前後的時代。有些事情對我們這些後人很重要，妖魔講究的都是看心情，那現在您的心情是好或壞？」

氣氛就這樣，整個僵住了。

黑蠍默默退進了某個黑洞窟裡，很快消失蹤影。

僵持了好一會兒，紅蠍才幽幽發出聲音：「眞是老了，你們這些精明小孩子專挑有用的話聽。我呀，剛進來就嗅到了，你這精靈孩子身上有妖魔附上的味道，是哪個妖魔的客人？」

「我父親與巡遊世界的水火妖魔是朋友。」學長誠實回答了詢問。

「喔，那兩老傢伙。」紅蠍顯得不太意外。「上回他們回來時，還在那邊吹噓認識了妖魔一樣的精靈，幾千年也沒見過那啥魔性精靈一次……嗯？話說回來，那兩老傢伙當時和魔王討的，和那魔王的精靈朋友要的好像是一樣的東西。」

「什麼東西？」學長皺起眉。

「瓦立格巴達達烈毒的解藥。」紅蠍頓了頓。「精靈來討要倒是不稀奇，兩老傢伙來要就很奇怪了，瓦立格巴達達的東西對那兩傢伙沒影響，對大半個妖靈界連抓癢都算不上。你們這些小孩子知道瓦立格巴達達嗎？」

學長沒有回話，讓我覺得可能他也不知道。

「是妖靈界的世界脈絡。」

一旁傳來淡淡的聲音，一向不怎麼開口的重柳語氣很輕。「通用語稱呼是『黑火淵』。妖靈界一共有五條黑暗世界脈絡，其中一條由魔王城掌握，便是黑火淵。」

「對對，就是你們那奇怪的名字。我們最喜歡去那裡泡泡澡，吸吸養分。可是那對白色世界來講好像是劇毒，精煉之後，一點點就可以殺死很多白色世界的人。」紅蠍話匣子一開，什麼話都抖出來給我們。「可是啊，瓦立格巴達達其實本來沒有解藥的，好像是很久很久以前，魔王從白色世界帶回來一個他很喜歡的……天使吧？也是個漂亮的孩子，那孩子想不開，覺得我們這裡生活環境不好，想回去白色世界，後來抱著什麼聖物跳進瓦立格巴達達，差點污染我們的脈絡，不知道爲啥他在裡面燒死了，變成好幾顆彩色的水滴，據說可以緩解瓦立格巴達達對白色生物造成的毒吧。」

「所以他們把解藥帶回去了嗎？」我連忙追問。

「沒有，好幾千年前那個藥就沒啦，魔王的第三個老婆嫉妒，把瓶子摔了，只剩兩顆水滴，一滴給了天使的兄弟，一滴魔王吃了。千年前那精靈還有水火兩老傢伙都是空手而回……我知道的就是這些了。當年我這老東西是魔王的近衛心腹沒錯，但他老婆覺得我美，看我不順眼要殺我，幸虧我跑得快，帶著孫子來這裡隱居。」紅蠍話說完，眼巴巴地盯著學長看。「沒啦，那你說話要算話。」

「嗯，只要是我身上的物品，您看上哪件喜歡的就儘管說。」學長大方回答。

「不不，不要你的。」紅蠍說話的同時，龐大的身體慢慢轉向重柳。「要他的。」

重柳族動了動手指，看不出對於紅蠍要求的喜怒反應。

「你身上有些甜的味道，小的，珠子一樣，那東西給我們作爲交換。」紅蠍緩緩地說：「你還滿多的，怎麼，你們要後悔嗎？」

「說好是我身上……」

「你要這些嗎？」重柳打斷學長的話，往自己懷裡掏出一個小袋子，巴掌大，打開袋口時露出我之前看過很多次他用來打人的水晶珠子。

說眞的，我一直覺得這些只是一般的水晶珠子，還覺得重柳拿這東西打人也太大方，撿回去換錢應該可以有好一筆外快。

不過現在被紅蠍一點名，我才突然反應過來，重柳拿這些東西打的「人」都不是普通的人，不是妖魔就是鬼怪，正常的水晶珠子可能還沒近身就先被粉碎了吧……看來這是有來頭的珠子！

「對對！就是這些！」紅蠍立刻垂涎起來，蒼老的聲音也變得輕快了些，就好像嘴饞的人看見心目中第一名的美食，亢奮不已。「這要去時間之流撿的結晶，幾十百年才會有個三、四顆，吃起來又脆又甜又營養，好久沒看到這麼多！」

……

……？

我靠！這位老兄，你沒事去撿一大把結晶，然後把這些超級限定版的珍貴物品拿來當彈珠射爆別人的腦袋嗎？

「您的情報不明確，只能給您五顆。」重柳從袋子裡揀出五顆水晶珠子，對紅蠍流出的口水和快要瞪凸的眼睛視而不見。「或是有更多的消息，就換更多。」

「有！有有有！」紅蠍馬上出賣自己身為妖魔的尊嚴，語速因為美食在前瞬間變快許多。「你們想知道更多，就去問老火蜥，當年精靈來的時候他就在魔王旁邊，我給你們介紹……你要給介紹費！」

重柳把珠子放回小袋子裡，束起袋口，在手掌上拋了拋。「完成，就全部給。」

「好！成交！」

紅蠍龐大的身體差點原地跳起來，歡歡喜喜地甩動尾刺和大螯，「來來來，你們先住下，黑術師滾遠一點之後，就讓老火蜥過來！」

雖然我大概知道那袋珠子的珍貴，但是看紅蠍的反應，恐怕不是普通的珍貴。學長正打算開口說點什麼，重柳抬手制止他，示意不用對珠子有什麼介懷。

隨後紅蠍就開開心心鑽回自己的巢穴。

這時，黑蠍子拖著一個布袋出來，裡面有很多亂七八糟的雜物，外出用的行囊、枕頭被包、野餐墊、奇怪的裝飾地毯等等……還有一個用時間術法封住的木箱，打開一看裡面竟然有好幾種正常的普通食物，還有新鮮麵包、水果和肉乾，甚至有些我看不出名稱，不過夏碎學長立刻說是有用處的昂貴藥物。

「這些是別的死掉的冒險者的東西，你們儘管吃，吃飽睡好一點，不夠那個大的倉庫裡面還有很多，自己拿。」

黑蠍釋出超大善意。

老實說，這兩隻蠍子一點妖魔的惡意都沒有，給人的感覺就只是普通居民，只是外形和人不一樣……他們就只是「普通的妖魔種族」，還沒什麼心機，到現在還以爲我們的眞實名字就是他幻想出來的那些。

我們還眞的就暫時在這邊躲黑術師。

重柳完全不理人，而後來又給我們帶了一整頭燒豬回來的黑蠍莫名自來熟地和我們開聊起來。

「瓦立格巴達達是什麼地方啊？」

黑蠍擺著對人形的我們來說很大的軀體，一邊扯著豬腳嚼著，一邊說道：「那個是魔王陛下管理的大峽谷，裡面有好幾個溫泉，可舒服了，像我奶奶有關節炎風濕痛的，去那邊泡個一、兩天，很快就能治好。還有頭痛鼻塞喉嚨痛，都可以去那邊治療，偉大的魔王陛下給我們打了通關認可，只要是臣服於他的子民，都能去泡溫泉。」

……？

這世界脈絡怎麼聽起來很像什麼妖魔版的療養聖泉？

「可是像那些白色種族的，泡下去拉出來就會變骨架。」黑蠍很遺憾地說。「不過我們去泡白色種族的溫泉，也會剩骨架，一樣的啦。哈哈哈哈哈！」

「你們在魔王身邊待了多久？」夏碎學長微笑了下，也和對方閒聊起來。

「主要是我奶奶，她老人家跟著魔王五、六百年啦，幹掉很多敵人，我們以前家的牆上還有一排天使的翅膀，時不時會發亮，一大堆人都說我奶奶年輕時候可厲害了，神魔大戰她單槍匹馬就幹掉很多那些發光的東西……不過後來呢，因為魔王看上我奶奶，我們就舉家逃跑了，不然會被魔王的小老婆剝掉殼。」

然後，黑蠍花了好一段時間爲我們介紹了魔王十八個老婆還有豪門八點檔的恩怨，聽到最後，我都快有錯覺這些妖魔居民平常沒事是都在聊這些魔王的八卦是非嗎？連人家老婆吃了什麼會抓狂屠殺手下的事情都知道得一清二楚。

——然後他就這樣一路說到晚上。

妖靈界的時間如何計算我不太清楚，我看的是自己錶上的時間，人類世界的話大約晚上八點多左右。

已經不太想理我們的重柳族找了塊空地縮起來休息，學長大概也對八卦沒什麼特殊喜好，坐在邊上看不出來有沒有在聽；全場唯一認眞捧場的大概就是夏碎學長了，他竟然可以和黑蠍坐在那邊聊好幾個小時，從八卦聊到魔王城的人文地理，再聊到每年有什麼詭異的殺人宴會，然後又聊到其他城市的外交狀況，諸如此類的，我覺得再讓他們坐上一晚，夏碎學長可能都能把對方的祖宗八代做過什麼事情套得一清二楚。

總之，到了晚上八點，重柳猛地睜開眼睛坐正起來，表情帶著嚴肅，似乎正在感覺什麼。

「來了。」夏碎學長也停下和黑蠍的交談，原本略微放鬆的空氣立即凝結起來，點綴上無數的沉重，說不出來的瞬間壓力差點往我腦袋一擊，整個人有點暈乎乎。

隱隱約約，我可以感覺到空間裡突然多了某種竊竊私語，好像有什麼看不見的東西悄悄在附近探出頭，試圖想要衝破庇護此地的結界膜，窺探裡頭有沒有他們所要的獵物。

我們沉默之時，紅蠍慢慢從她的洞穴中走出來，威壓也從她身上散發而出，像是在抵禦不友善的外來者，接著更多看不見的威嚇魄力陸續從不同洞穴拓展開，那是本地其他沒有露面的居民不約而同對外來者的排斥與恫嚇，即使沒有說出口，我也可以感覺到他們是在警告對方，只要入侵冒犯便不惜死戰。

僵持持續了很久，直到時間已經走到快十二點，那種窺視的感覺才緩緩退去。

不管是黑術師覺得這麼多妖魔的狀況下，我們應該不可能自找麻煩藏到這裡，或是所謂的妖魔結界眞的起了作用，他找不出所以暫時撤走，總之壓力漸漸散去之後，地底居民也撤回了自己的巢穴當中，彷彿沒有出現過一樣，氣息再次消失。

我抹了一把臉，這才發現全身幾乎被冷汗浸透了。

「這黑術師不簡單。」

紅蠍撤除防守狀態後，緩步走到我們旁側。「恐怕得收回我們先前的話，你們不能待太久。那傢伙很可能是黑術師首領，不然也是菁英黑術師，我們不會爲了白色種族死戰，黑色的兄弟可以留下，但你們三個得離開。」

「我們見過聖火蜥就走。」重柳突然開口，把我給嚇一大跳。

「小孩子，你知道我找誰？」紅蠍顯然有點吃驚。

「嗯，我閱讀過歷史，還有他們剛剛說魔王最信任的大術師是聖火蜥。」重柳往夏碎學長那邊看了眼。

敢情大哥其實您很悶騷，在那邊裝睡聽人家講了好幾小時的八卦嗎？

我覺得有點刷新對重柳族的看法了。

紅蠍轉過去看她孫子，一個尾螫甩過去「砰」的聲直接往黑蠍腦袋搧下去。「叫你平常不要腦抽講魔王的八卦！不聽！還不聽！哪天你會被魔王十八個老婆打死！你怎麼這麼腦殘！再腦殘下去怎麼當大妖魔！」

這畫面怎麼這麼眼熟啊！

我摸摸自己的後腦，突然覺得有點痛。

大紅蠍就這樣把她孫子按著暴打了一頓，教訓得差不多後，我突然感覺空氣混入一絲熱流。與燄之谷的不同，炎狼的熱是有著生命力的炙熱，待久一些會和他們一樣精神起來；但這股幾乎要融進空氣中的黏稠熱度卻很像是某些附骨黏膩的詭異液體，覺得有些噁心又揮之不去。

「老東西終於到了。」紅蠍把被打得滿頭包的黑蠍拍到旁邊，轉向入口處，從黑暗中緩緩出現一個輪廓。

不大，比起黑蠍甚至有點小，但又比人類大上一圈，從黑暗走出的剎那沒看清楚樣子，直到完全出現在微光底下，才看出是條通體全黑、牛般大小的巨蜥。一身深黑鱗片在光下不會反光，而像是會吸光一樣，淡光打到他身上全部消失，非常詭異。

巨蜥慢慢張開嘴，像是因爲趕路有點累而喘了口氣，跳動的火焰從血紅的口裡迸出，隨著吸氣又一點不剩地被他吞回，黑色的細煙從嘴縫打了個圈飄出來。

「裂脣老太婆，給本座打了緊急訊息，不會是因爲妳腦袋上來個黑術師把妳嚇得屁滾尿流吧。」巨蜥語氣很不以爲然，甚至有點看笑話。

「操你媽，老娘會怕那個黑術師？有種你這臭老頭跟老娘出去，把那個黑術師打下來，看誰先把那垃圾四分五裂塞回他的獄界老鼠窩裡面去！」紅蠍立刻噴回去。

「有種的話就走！」

「走！誰怕誰！」

「走！」

兩妖魔一言不合，完全忘記他們原本的正事，嗆了兩句後，頭一甩竟然真的要上去把那個百塵的黑術師拽回來打。

我都還沒反應過來到底要不要找死地喊住他們，一個細小的破風聲先穿過空氣，直接一聲輕響嵌進了巨蜥右爪子前不到兩公分的地方，硬生生停下妖魔移動的腳步。

沒有扭頭過來把重柳打一頓，巨蜥看清是什麼小東西擋路之後，血色的眼睛突然瞪大，差點沒低頭下去舔那顆珠子。「我操！時間凝晶！誰的！」

「我。」重柳聲音不大，但立刻引起巨蜥的注意。

黑色大蜥蜴雖然身體看起來很笨重，但移動速度竟快得我都看不清，只覺得一眨眼，巨蜥已經出現在重柳面前和他大眼瞪小眼。「小子！你就是老太婆說的那個時間小傢伙？」

「是。」重柳對逼到臉上的巨蜥沒什麼反應，語氣還是那樣，好像很悠哉又好像什麼也不在乎。「請教一些問題，酬勞按照裂宵閣下應允給你的支付。」

「臭老太婆說你有五顆那麼多！五顆都要給本座？」巨蜥很快按捺下絲許的浮躁，語氣變得油條起來。「你這小孩子看起來不像有能力可以長期進出時間流域，別是說謊吧？看你這一身種族懲罰，該不會是吹破牛皮被趕出來吧。」

重柳翻出手掌，不知哪來的白色手套上安安靜靜地躺著六顆小珠子。「別說廢話。」

其實我覺得這大蜥蜴根本是被紅蠍坑了，重柳明明要給紅蠍一整袋，大蠍子卻只分五顆給回答問題的蜥蜴，簡直摳到極點。

完全不知道自己遭坑的巨蜥瞪直了眼，「要問什麼？」

重柳轉向學長，後者立刻開口：「關於千年前，鬼王前來尋求藥物的事情。」

「喔，怪不得本座覺得你眼熟，精靈鬼王的兒子？」巨蜥這次轉頭打量起學長，然後湊過去嗅他的氣味。「不太一樣，你和小鬼王有血緣氣味，但不是他兒子。他族人吧？打聽事情到這裡來？要問哪一段？看題目深淺加收費用。」

「只要與黑火淵解藥相關的那一段就好。」學長回視對方的打量，沒主動回應身分關係的詢問。

巨蜥思考了半晌，倒是一點守密的意思都沒有，開口就說：「通常會想要瓦立格巴達達解藥的白色種族不脫兩種，一個是身邊人被侵蝕來找解藥的，這很正常；另一種是要自相殘殺的，想害人所以才來拿解藥。小鬼王是第一種，本座記得當初他悄悄出現在魔王城，旁邊那老太婆也在大殿上，魔王還把周圍的人都趕出去，只留本座。」

「不過瓦立格巴達達的解藥早就沒了，對外是說王妃們吃醋砸破，實際上是被偷了。你們自由世界精靈聯合戰之前，有一部分被偷走，一部分在遭竊時被小偷摧毀，最後只剩兩瓶；一滴被魔王吃了，另外一滴那個天使的兄弟隻身殺進來魔王城，魔王陛下欣賞他的勇氣，撕了他一對翅膀之後把那瓶給他，人就丟回自由世界，去哪裡我們也不知道，大概死了。」

巨蜥停了停，好像是在回憶久遠以前的事情，才又繼續：「小鬼王來晚了，太晚。他說是趕著要救人，也沒辦法，魔王身體裡面那滴早就被同化，而天使早不見了，小鬼王沒轍，只好灰溜溜地回去。後來又過一陣子，水火那兩腦殘傢伙也跑來要解藥，和魔王大打出手之後又跑了，不知道在幹什麼。如果你們也是想要那東西，本座給個實際建議，你們再去逮個天使和他的聖物，把他按進瓦立格巴達達裡，搞不好可以提煉新的出來。」

「他們有說過救什麼人嗎？」學長忽略了最後的友善建議，握了握手掌。

「誰知道，小鬼王只說是重要的人。他原先以為侵襲對方的是陰影或黑暗毒素，沒想到那場戰爭裡的毒素不一般，混入我們瓦立格巴達達的水，雖然量很少，就那麼幾滴，不過一些敏感的白色種族受不了，據說有很多人回去之後衰弱至死，還加速被黑暗毒素扭曲，運氣好一點的應該都當了鬼族，運氣不好就回你們那啥地方安息了。」巨蜥在這方面倒沒有什麼保留，非常誠實。「這都不是祕密，黑暗世界的脈絡力量本來對你們白色種族來說就是種毒，而且畢竟是世界力量，難以檢查也是正常的，算是你們口裡那種無色無味的劇毒吧。就像白色種族也老愛拿世界力量來打我們一樣，沒事被個聖光照到也會死，不然就是殘廢，還常常救不了，衰弱到死掉，同個道理。」

「這是確定的事情嗎？」學長慢慢問道。

「當然，當年本座就在旁邊，還建議那小鬼王去抓天使回來煉藥賭賭運氣。」巨蜥擺了擺尾巴，轉向重柳。「那啥，星河銀月，要給本座的酬勞呢？」

重柳對那個稱呼沉默了半秒，將手上的水晶珠子遞過去；大蜥蜴也不客氣，帶著血腥味的舌頭一捲，六顆珠子直接被他捲進口裡。不知道是不是拿到珠子感到愉悅，巨蜥的聲音又響起，這次是對重柳：「小孩子，你這烙印很惡毒啊，建議你去殺了給你刻印的咒師，拿回自己眞身，不然要沒命了。」

「……我不明白你的意思。」重柳瞇起眼，淡漠地回應：「這是族內的懲罰，我不會取誰性命。」

「哈，你們這些白色種族就是腦子有問題。本座是魔王大術師，看你可憐，都沒興趣害你了，奉勸你還是快去殺了那個咒師吧。小孩子，傻傻的，都要沒命了還這麼天眞。」

重柳沒再接下巨蜥的話，表情隱隱透出若有所思。

巨蜥也不在意重柳的反應，拿到他要的東西之後，心情挺好的，猛地就轉過來看著我。

因爲沒有預料到，一直在當村民甲的我被嚇了一大跳，差點眞的跳起來。

「這是妖師一族的小孩子吧。」巨蜥一秒說出我的身分。

「呃，您好。」我戰戰兢兢地行個禮。

「你要不要自己進化一點，然後去毀滅世界啊？」巨蜥很興奮地提議。

「啊？」

這又是什麼鬼發展啊！

第四話　第二兵器

「本座是說，你有那個潛力，要不要投靠我們魔王軍，包吃包住還有月薪獎金，看誰不爽就殺誰，在外被打我們就組隊幫你殺他全家，殺不過就請出魔王毀滅世界，還有特殊福利，一日快速入魔，全程無痛處理，省走修練冤枉路。」

巨蜥非常溜地直接來了一段招生文，好像已經用這招拐過很多人。

「不用了謝謝。」我知道他們是想要妖師的力量。仔細想想，我突然有點後怕，黑術師想要的也是妖師的力量，如果眼前這些妖魔、魔王術師發難，我們能夠再逃出去嗎？

一種好像逃到哪邊去都甩不掉這種人的感覺。

應該說，逃不開別有用心的人。

「我們也該告辭了。」問完自己想知道的事情後，恐怕和我有一樣想法的學長直接開口辭行，可能也是爲了想斷絕對方的某些念頭，又加上一句：「因爲來得倉促，回去之後會再請水火妖魔們替我們另外傳遞謝禮。」

「小孩子心眼不少。」巨蜥一下就看穿這顯而易見的意思，冷笑了聲。

「畢竟是在你們的世界，不多加注意不行。」學長理所當然地回答。

「也是，如果你們四個可以一起投靠是最好的，魔王不會虧待忠心於他的人。」巨蜥一副善待人才的態度，聽著好像非常誠懇。然而我們旁邊活生生就一個差點被魔王老婆追殺的大紅蠍，怎麼想都不對勁。

不顧巨蜥的招攬，我們趕緊也向黑蠍、紅蠍別過，大黑蠍還有點捨不得夏碎學長這個三姑六婆之友，正想說服我們再待一會兒之際，地下洞穴突然像是被什麼用力反轉搖晃，猛地傳來劇烈顛倒與震動，把所有人全甩了出去。

突如其來的變故沒有任何預警，反應較快的學長等人立即重新穩住身體，我被老頭公托了一下，還好沒有摔得很難看，馬上就被夏碎學長從已經傾斜的地面拉起。

整個地下巢穴彷彿被人用手擰成了麻花捲，天頂與地板扭曲變形，四周洞穴通口則是全都消失，此處其他居民像是被排除出這個類似大廳的空間，所有壁面被奇怪的黑色圖騰給封住，進不去也出不來。

「你們站在我後面不要輕舉妄動。」重柳直接出現在我們面前，手掌空中一握，出現了我曾經看過的那把繫滿封條的大長刀。

刀鋒沒進地面，巨大的銀色圖騰像花瓣一樣急速往外開展，一圈圈圖紋綻放似地擺盪，撫平要往我們包裹捲死的地面和天頂，看不見的力量像雙手般重新撐開了這個差點被扭成麻花的大洞穴。

這時候我才注意到應該也頗有實力的紅蠍祖孫完全沒事，從牆壁上跳了下來，一點擦傷都沒有。

巨蜥伏在他倆前頭，旁邊出現很多八角形的血色光影，上頭有磨砂般的細碎紋路，但看不出來是什麼。

「封印武器嗎？」巨蜥有些意外，「小孩子，小看你了，看來你果然是有能力拿到時間凝晶的人。」

重柳淡淡掃了巨蜥一眼，重新拔出長刀後，地下空間算是穩定了下來，然而四面八方透出的恐怖窺視感與壓力卻迎頭壓下。我本來以爲在妖魔的結界地盤他會就這樣找不到我們，乖乖地滾遠一點，看來人家早就鎖定我們的位置，一舉突破紅蠍他們所謂很安全的防護，還將這個冒犯他的地方當成抹布用力擰一擰。

百塵家的黑術師慢慢從空氣中浮現，先是影子，接下來輪廓立體了起來。他雙手交疊於身前，站姿筆挺，像是天降而來閱兵的什麼將軍一樣。他假裝不在的這段時間明顯還找來後援，一個接著一個的黑術士從他身後站出，整排忠實的衛兵行列，同樣標準站姿，彼此間距相等，簡直就是黑術士中的模範菁英，完全不像黑色種族。

黑術士群大概十來個，不過根據投來的視線感，我猜外面可能還有。

領頭的黑術師、也就是那個首領，看也懶得看巨蜥一眼，開口就說：「聖火蜥伏利泰，我們和魔王沒有過節，這四個是我要的人，你們不要插手，可以省很多事情。」

「操！你當本座怕你們嗎！」巨蜥完全不買帳，直接往地上一拍，震碎一部分空氣威壓。

「這邊全部都是百塵家的空間高手，聖火蜥雖然是王前大術師，不過我記得你擅長的是狂暴術法，如果魔王身邊有空間術師，你們進攻白色世界還須要發愁嗎。」像是嘲諷，黑術師抬起手，像是趕蚊子一樣很隨意地揮了下手，巨蠍那邊突然像一面鏡子碎開，大廳竟就這樣生生不見了一半。

我突然打從心底感到恐懼。

「褚，等等我們給你手勢之後，你能跑就跑。」

學長的聲音突然在我腦袋裡冒出來。我顫了下，突然覺得眼前的畫面和我記憶中不想去回憶面對的那一幕完全重疊。

與學長並肩的夏碎學長甩出長鞭，空氣被上頭不自然奔騰的力量磨擦出陣陣黑色火花，危險地跳動。

「你們知道抵抗是沒用的吧。」黑術師慢慢從空中走下，居高臨下，帶著看蟲蟻般的眼神，可憐我們這些弱小掙扎的對手。

「有用。」

重柳的聲音依然很淡，他踏著自己的血站在所有人面前，長刀傳出細小鈴聲，拉扯著看不見的空間，造出一個扭曲般的小漣漪，那隻不知道跑到哪裡的藍眼蜘蛛從裡頭爬出來，快速爬到他肩上。「我知道你是誰，重柳族的仇恨由你們引起，與妖師不死不休。」

「喔？小輩調閱了多少歷史？」黑術師語氣抹上些許興趣，沒有被揭穿的負面波動。

「你們以妖師的力量刺殺了時間守護者，製造動亂……」重柳停頓了下，沒繼續往下說。

不知道是不是我的錯覺，看他講到這件事情時，瞬間整個人有點恍神，不知道在想什麼。

「這讓我也好奇起來了，一般的重柳族沒有閱讀時間長河的力量，你到底是誰呢？」黑術師話還沒說完，已出現在重柳面前。

而剛剛那種鏡面破碎的情況直接在黑術師身前出現，他又回到他那群「子弟兵」前面，似乎同樣遭到空間切割被丟包回去。

「干你屁事，滾。」

重柳族終於脫口噴了一句因爲長期跟蹤，而被我們影響的不良粗口。

接下來幾乎就是一面倒的力量對衝了。

被倒的是我們。

就算重柳加上他的長刀本身異常厲害，還是架不住一個黑術師外加十多個黑術士全力砸下來的惡意術法。

抵禦的銀色法陣和守護結界一層層被破開，每一層碎裂後，重柳身上的傷就更嚴重了些，學長和夏碎學長也幾乎拿出了相應的本事抵抗，然而他們再怎麼厲害也就是同輩中的頂尖，面前的全都是活了數千年的妖怪，差不多與他們那些長輩同等級，根本就是拿雞蛋去砸隕石，沒有勝算。

最後一道法陣被破開時，我們也完全暴露在黑術師眼前，四面八方全都是黑術士，他們並不急著下手，就這樣看著殘破的陣法虛弱地喘息運轉。

「結果都一樣，你們這些小孩還眞是喜歡自找罪受。」

黑術師的鐵面具緩緩轉向我，與其他三個渾身是傷的人比起來，我幾乎好得太完整了，學長他們完全不讓我出手，想要找機會開幾槍都被攔住，讓我非常浮躁。「你要自己過來，還是我把你的『守護神』們都踩在腳下，再把你抓出來。」

「你不怕我正在醞釀詛咒你們滅族嗎？」我動了動，想要往前走，卻被學長扯住，動彈不得了。

「你試試看。」黑術師陰森森地笑了起來。「我們也正好評估第二名擁有調動陰影力量的人可以做到什麼地步。」

「我——」

我還真想知道我可以做到什麼地步！

按著學長的手，我看著他們傷痕累累的模樣，微微吸了一口氣，讓自己像記憶裡的殊那律恩般，感受環繞在周遭的黑色氣息。

這裡是妖靈界，原本就是黑暗世界，學長他們這些白色種族居於劣勢，對黑術師一行人來說卻佔盡優勢。然而相對地，這裡對我這個黑色種族來說，才應該是真正的最大優勢，那些百塵的人也都是後天扭曲，自願臣服於裂川王底下。

而且，他們早已放棄妖師擁有的黑色地位與身分，究竟用什麼立場與態度來支使批評我們妖師一族？

在這個地方，我才是真正完全被世界意識認可的黑暗。

「聽見我的聲音，就服從。」

我牽引著空氣中傳來的某種低語，那聲音有些試探、有些好奇，如同被糖引誘的小動物，既單純又直率，穿透了黑術師一群人設下的空間壁障，循著我的聲音，一道一道搖晃的黑影慢慢在我們周圍浮出。

然後我小心翼翼地轉向學長，拍拍他的手，用力拉出一個笑容。「學長，要跑一起跑。」

這次別再讓誰留下來斷後了。

一層深色霧氣平空飄浮出來，我聽見有人在我腦裡低低笑著，聲音有些輕，好像看見什麼有趣的事情，然後他說——

「在這裡睡那麼久，倒是第一次看到有骨氣的弱雞。黑色種族本源是破壞，你卻想要保護白色種族……千年難得一見的腦殘。」

「你缺乏力量，想要力量嗎？」

這瞬間，米納斯的蛇身炸了出來，和老頭公緊緊將我們圈在他們的保護當中。

那聲音還在繼續著。

「有趣。不管是人爲還是命運，你都可以選擇要不要繼續下去。」

「裝腔作勢的黑色種族啊，你知道我是誰，如果你想改變劣勢，就用你的骨氣與血肉來呼喊我的名字。」

我看著緩緩在地面凝出形狀的不規則體態，突然發現了，到妖靈界後，不管是亞那的事情也好，眼下這個聲音的出現也好，我認爲我們在不知不覺中都「被安排」了。

有人刻意把我們送到這裡，重柳帶我們逃難時，他的空間必定有人動過手腳，所以才會落在紅蠍這個對白色種族相對和善的區域，避免闖進妖靈界時被凶殘的大妖魔圍毆殺死。甚至還經由他們口中聽見了當年大戰中似乎被藏起來的什麼陰謀。

「這人」抱持什麼心態，還有，他是誰？

這些暫時都不太重要。

我微微吸了口氣，看著那個形體逐漸變大，同時對米納斯和老頭公下了指令。

這次沒有其他人教導，言語自然而然從我腦內浮現出來，簡直像是早已被銘刻上，就等待這天。

我翻出美工刀割破手腕，大量血液直接落地，被黑色土地急速吸收，好像它們渴血許久。

模糊之際我看見學長他們似乎想阻止我，但是被米納斯阻擋，老頭公則是爆出不知哪來的力量，硬生生扛住黑術士群暴起的攻擊。

周圍的時間和氣流一時變得很慢，一秒都被切割成十等分。

「說出你的代價，編寫血誓契約，我等交換眞實之名，互延生命。」

我看著不規則的形體來到我面前，轉爲血紅的眼睛微微瞇起。我們所站的地底深處緩緩擺盪了起來，似乎有什麼慢慢推著地層，從下方探出身體，筆直朝我們而來。

之後那團黑霧慢慢拉出了修長的四肢，越來越高大的體型有點像老頭公化爲黑色巨人石的樣子，接著開始點點滴滴出現了色彩，先是腳底，一雙放大版的龍爪子上了底色，慢慢刻劃出閃耀黑色流光的底紋與鱗片，接著是小腿、大腿，八塊肌的腹部，巨石般的臂肌與二頭肌，粗獷如野獸、刀刻五官般的俊美臉孔顯露出來。長長的黑色蓬鬆頭髮被紮成很多束髮辮披散在身後，連著不知道什麼生物的毛，垂墜至腰。

那雙血色狹長的眼睛抹上趣味，正在等我做好最後準備，然後他開口說出只有我們兩人能聽見的聲音。

「魔龍，希克斯洛利西。」

「褚冥漾。」

「編寫血誓契約，我殘存意識成為你的刀刃，而你延續我的生命，黑暗再生之後，魔龍身體重塑，而契約方止。」

黑色的血從妖魔巨大的手上流下來，澆入地面，和我的鮮血在地上轉出一個圖陣；接著陣法縮小，最後成了一元硬幣大小，分爲兩份，落在我們的手背上。

「現在，你可以呼喚眞正的我。」

巨人在我面前蒸發般地消失，原本鑲著幻武兵器的手環燃起熱度，竟然自行改變形狀，變成一個龍爪相扣的樣式。上面除了米納斯原來的位置之外，出現了另一枚新的鑲嵌，純粹黑色的幻武大豆囂張地卡在上頭，完全沒有打過招呼，上頭有著一抹血色的龍紋。

我笑了下，張開手。

「與我簽訂契約之物，張口咆哮吧。」

這一刻我明白了當時殊那律恩將記憶傳遞給我的用意。

所謂的咒語，即是「咒」、「語」。並非固定形式，那些書上所教的只是大部分生命意識最能普遍理解與溝通的用法。

曾經的二王子之所以會那麼強，不是因爲他讀遍了所有術法，而是他找到了能夠直接與意識交流的「方法」。

心爲咒，言爲語。

只要與交流的意識互通心意，這就是我們所約定的新咒語。

❋

第二把武器會是什麼樣子，其實我沒太大的概念。

眞正要說的話，我一直以爲我不會有其他幻武兵器，特別是以前伊多他們說過的血誓兵器，然而現在就在米納斯的默許之下，我和一個來路不明、自動找上我的奇怪意識幾乎瞬間訂下了契約，彷彿在順應什麼一般，如此自然。

也可能是眼前的狀況讓我狗急跳牆吧。

人形的魔物在我面前散化開，重新凝聚出的形體是更爲巨大的黑龍，幾乎快把空間崩碎的咆哮撕裂無數箝制封印後，我終於看見那些沒有鐵面具的黑術士們隊形一亂，較後方還有一、兩人面露動搖。

「小子，你想在我這裡尋求什麼？像那水族一樣的平衡能力嗎……不不，那實在是不怎麼有趣，你需要的是更能破壞世界的力量吧。」

略微有些邪惡的嗓音響起，好像一頭剛冬眠結束的猛獸準備磨爪舐血，呼出帶有血腥味的氣息正在審視將他驚醒的世界。

「你不是知道我想要的是什麼嗎。」我看著與我平視的紅眼，「還是你想反悔？我是沒見過反悔的血誓會變成怎樣，你可以試試。」

「……嘖，弱雞。」

黑龍再次散開，空氣中的濃黑色澤重新凝結之後，出現的是大約四、五架巴掌大小的黑色小飛碟，全部都在空中飄浮轉動，速度還很快，嗡嗡響著，仔細聽又好像迷你版的龍嘯聲。

正想抓一個下來時，突然有人往我肩膀用力一抓，嚇了一大跳後我才反應過來，猛轉回頭，看見學長狠狠瞪了我一眼，那程度簡直像是可以馬上把我的頭皮揙下來。「先欠著！回去再算帳。」學長鬆開我的肩膀，看來真的很克制沒把我在現場直接痛毆一頓。

盯著學長往前走的背影，我連忙逮了一架小飛碟下來，剛剛並沒有設定這個幻武兵器的型態，也就是說這東西是他自己長成的，和我所知的人類兵器不太一樣，是有點圓的碟狀，每架上面都有個鱗片樣子的紅紋，倒是和幻武大豆有點像。

所以這東西怎麼用？

「敵人來啦。」魔龍懶洋洋的聲音傳來：「你又沒啥想法，隨便用就好，反正強的是我，你準備好精神力和體力隨我吸。」

……

……那大哥您恐怕要失望了，這兩樣我都不多。

「靠！」

新的幻武兵器估計覺得自己誤上賊船了，罵了兩句我聽不懂、可能是髒話的句子之後，就懶得理我了。

幾架小飛碟直接從我身邊快速飆出，眨眼越過學長他們，動作矯捷地各自分散開，在黑術師撕開老頭公的結界時，那些落在五個定點的小飛碟突然噴出像是雷射激光之類的射線，竟然射穿了黑術師向我們壓來的黑色陣法。雷射光微微停頓之後，飛碟原地打起了圈，五架皆不斷自轉，轉到下方出現小巧的黑紅色陣法，平空彼此相連，配合著老頭公，鋪開了一張更強的保護網，如同堡壘般，與剛才的程度完全不同。

完全黑暗的防護網與黑術師的黑色毒素相撞，好像吃到什麼營養劑，直接壯大了一圈，不像剛才學長他們千辛萬苦在這裡召喚出白色力量後，還因為元素虛弱，被黑暗剋個沒完。

學長又回過頭看了我一眼，嘖了聲：「夏碎，調以前試做的那些出來。」

「嗯？但是……」

「我來用。」學長打斷搭檔的話，似乎有些猶豫的夏碎學長還是點點頭，取出一疊和先前不同的黑色符紙交給學長。這些符紙上面的紋路不同於白色版是優美圖騰，反而帶著尖銳的刺人樣式。「有時候真想把你按在地上打死算了。」

學長後頭這句是針對我，我愣了一下，不知道他這個想打死我的火氣從哪邊出來的。

黑術師張開雙手，四周岩壁再次像果凍般扭曲起來，幅度比之前大上許多，僵硬的壁面變出一張張猙獰面孔，如同亡魂一樣張口對我們嚎叫，幾百張人臉帶來的恐怖情緒重石般壓下，停在了小飛碟做的保護結界上。

點起兩張黑色符紙，學長抬起手，指尖帶出兩隻黑色蝴蝶，薄翅一振，散開幽亮螢光的鱗粉，向上展翅飛去。

小飛碟本體的聲音又很隨意地在我腦袋裡嘖嘖稱奇起來。「這小孩是精靈混血吧……嗯？炎狼？看來這幾千萬年間似乎發生了特別有趣的事情，精靈和炎狼的混血居然膽敢驅使高級凶咒，這年頭白色種族也流行起教小孩黑色術法了嗎。」

恐怕教學長的不是白色種族，是他那個背景嚇人的親戚。

「狗急跳牆了嗎？」黑術師一點也不把開始在高空中描繪法陣的蝴蝶看在眼裡。「就算和鬼王學了點皮毛，你那白色種族的身體支撐得住使用黑色力量的負擔嗎。當心一個拿捏不當，直接像那鬼王一樣被送入獄界。」

「這就不勞你費心了。」學長勾起鋒利的冷笑。

最後一條黑線補完時，兩隻蝴蝶投身進入法陣當中，單薄的身體燃起黑色火焰。同時間，我深切感覺到那個作用不明的法陣傳來極爲濃郁的黑暗力量，不是障眼法，是眞的連我都可以感受到的同源黑暗。

牆壁上那些死靈停下哭嚎的聲音，就連壓力都跟著減弱。像是要讓法陣力量更強似的，小飛碟變換了隊形，開始圍繞著黑暗力量團團轉了起來。

我聽見了力量中的竊竊私語，它們好奇著聚集它們的人，打算將這相對的白色作爲召喚祭品，殘忍吞食。

不准你們動他！

捕捉到那些黑暗，我直接引動自己身上對其他人來說有點薄弱的妖師力量，法陣中潛藏的東西一僵，忌憚了起來。

瞇起眼睛，我試圖找看看那裡面是潛伏了什麼，不過我能力還太淺，雖然有感覺到，但看不出來，於是藉著抓到的那抹連結，直接在心裡對那個「不明物體」傳達我的意思——不准你們動我身邊的人，只要他們少一根寒毛，我就讓這個世界天翻地覆。

或許現在我還不敢詛咒誰的生命，但是讓你們完全雞飛狗跳這種事情，至少我還做得到。

你們給我好好地聽從吩咐，別想做其他多餘的事情！

不知道是不是感覺那些黑色力量變得比較戰戰兢兢，前面的學長似有若無地傳來一個很輕的笑聲，接著朝黑術師開口。

「誰說我們是他的『守護神』了，瞎嗎？我是等等要把這腦殘按在地上揍得他後悔做事不經過大腦的人！」

……

不管如何，我現在先認錯來得及嗎？

「定煞。」

放話要揍我的學長對上黑術師緊盯他不放的眼睛，將暗陣法引動起來。繞在周圍的小飛碟就像輔助器一樣，很快地複製了同樣的縮小版法陣，一個個頂在腦袋上，跟著大陣法的轉速一起旋轉起來。「夜之落幕，海蒼無星，眾天無名。黑夜的星魔夜痕，隕墜不該存的空間吧。」

隨著奇異的語言，黑陣顫抖起來，那些被飛碟頂著飛的小陣法也跟著跳出歡樂的小火星，還沒看清楚是怎麼回事，小火星直接炸開，五個迷你陣轟地一下全都炸出火山爆發的蘑菇雲，強烈的火焰跟著噴射半天高，簡直就像那些飛碟全都頭頂爆出火柱；約莫兩秒後，大黑陣法也爆炸開，挾帶熱氣的黑煙裡轉出一個犄角獨眼黑色巨人，全黑的皮膚上鑲著幾顆碎石，詭異地閃閃發光。巨人一扭身，高高抬起的手上抓著超級大的石斧朝整群黑術士集團腦袋上劈下去。

黑術師上方快速凝結數層防護罩，然而巨人的石斧簡直快劈出石破天驚的效果，一斧頭下去，砸得那幾層黑色術法直接潰散，連同旁邊一整系列的空間法術都被重力破壞得四散。

不知道被隔離到哪裡去的巨蜥和紅蠍從破碎的黑暗力量後跳出來，紅蠍翻身避開後頭黑術士的攻擊，全身直接卡進天頂上的岩壁裡，尾後螯針驚雷瞬閃，直接插穿對他們來說過小的人形軀體，被插穿的黑術士身體隨著拉扯而被帶起，最後讓紅蠍撕成好幾塊。

巨蜥身為妖魔大術師，身邊早就上上下下浮懸十幾個妖異的陣術，空間一破開後，發洩般地全往黑術師一黨轟下去。

一時之間，整個地底空間炸得好像要坍塌毀滅。

抓住了黑術師遭到三方攻擊露出的破綻空隙，學長一個旋身拽住我，邊上的重柳立即打開新的空間走道。「撤！」

幾個嗡嗡聲響，不知道什麼時候跑回我們這邊的小飛碟群閃出奇怪光芒，與米納斯的水壁一起擋住後方打過來的攻擊。

然後，幻武兵器們和老頭公一起回到我的手腕上。

這次通道很短，我們全被甩出來時並沒有離開很遠，幾個人滾在黑色的沙地上，沙底下傳來各種劇烈震動。

「星魔雖然沒有回應召請，不過他手下的巨人不會那麼快消失，會發洩完破壞的慾望或死掉才離開，夠他們玩一陣子。」學長咳了聲，把我從沙地上拽起。

我整個人全身發軟，就像魔龍說的一樣，他一回到手環之後，我的力氣幾乎都快被抽乾淨了，兩腿一直發抖站不住，腦袋也陣陣疼痛，活像整個腦子被掐住，快爆了。

被夏碎學長扶著的重柳伸過手按在我頭上，幾秒之後痛感減緩很多，腳步也不再那麼虛。

「先離開。」學長白了我一眼，直接把我揹起來，根本不講究姿勢和顏面。

難道我們就得這樣一直逃嗎？

我捏了捏沒力氣的手，開始覺得是不是剛剛就應該要豁出去，拿我身上的所有讓魔龍去徹底發揮，至少可以爭取更多時間。

黑術師的目標是我身上的妖師力量，只要讓學長他們離開就夠了，反正可以肯定他不會把我殺掉。

「你別再腦抽了。」學長反手往我額頭上甩了一巴掌。「我們沒有要去犧牲，只是在拖時間，都叫你該跑就跑，還自作聰明幹什麼，把那種東西收進來都不知道以後會發生什麼事情，傻嗎你！」

一個小飛碟不知道什麼時候又竄出來，嗡嗡嗡地在學長旁邊旋轉，還很有自我意識地發言：「小狗仔，什麼叫那種東西，本尊縱橫沙場時你都還不知道在哪裡，講話客氣一點，否則當心本尊把你先姦後殺。」

「你也講話客氣一點。」我靠在學長背上，覺得連要吐個字都有點喘不過氣。「我記得剛剛的契約是你想借住在我這邊直到原本的身體重生……先不管你怎麼死的，你再恐嚇我朋友們我就『眞心誠意祝福你不會重生』。」

「……你他媽竟然敢坑大妖魔！」小飛碟開始叫囂。

「別以爲我不知道你看上我什麼，就是那點妖師的血，現在你只是幻武兵器，當鄰居要乖乖當友善鄰居比較好。」我當然也知道自己沒有威武到有妖魔自願來叩拜，那就剩一個解釋，這不知道死多久的妖魔也是垂涎妖師能力，想混進來撿點好處去準備他所謂的再生。

那不坑他一把根本天怒人怨。

小飛碟發出不明語言嗚嗚亂叫了一通，然後氣憤地消失了。

這妖魔肯定腦袋不好，五色雞系列。

「回學院之後我們再處理你那個幻武兵器。」

學長的腳步停下來。

安全了嗎？

我抬起頭，還是一整片黑色的沙海，黑暗的天空簡直要和黑沙的盡頭完全連在一起。

黑術師的空間壓力感再度席捲而來。

「說了我們在拖時間，死了一次之後，我也不會再傻得去死第二次了。」學長把我放到一邊，半扶著我讓我可以自己在沙地上站好。「讓你跑，是要你找到裂縫出來和他們會合。」

黑暗中，幾個輪廓在我們前方走出，原先黑暗到幾乎讓人絕望的深沉色彩被微光破開，銀色的光芒點亮了這一片黑沙區域，完全映出擋在我們面前的數人——

甩出長刀的泰那羅恩還是毫無表情的面孔，然而在對上後方追來的黑術師時，污濁的妖靈界空氣也被精靈冷冽的寒氣給切割開，黑沙的地面像被刀劃出好幾條快要流血的深深傷痕，似乎象徵著看不見的惱怒。

其他黑術士群到達時，還沒排列出完整隊伍，後方突然傳來不自然的悶哼，接著是重物掉落的聲音。

光芒照耀下，三名黑術士不知不覺掉了腦袋，身體沉重地躺到一邊，腦袋很唯美地被一根荊棘插成串，掛在最後一個渾身僵直、開始石化的黑術士背後。

這效果很像以前沉默森林被砍怕了一樣，黑術士們驚愕過後變得緊張起來。

看不見的敵人直接在大王子身後現了身影，肩膀上還有隻烏鴉正在發出讓人不安的詭異笑聲。「你就該唰地一下像砍西瓜把他們腦袋都砍光，我明明說荊棘要從他們眼睛穿過的，爲什麼你改嘴巴啊！這是不服從指令！我要罰你回來刷浴缸！」

曾經的魔使者很隨手地在烏鴉頭上摸了兩下，然後微微拉起兜帽看向我們這邊。「沒事吧，兩位妖魔大人的空間切割大概是因爲年齡大了，手會抖，定點不太準確，花了些時間。」

我還沒反應過來他這話有點在戳弄水火妖魔，烏鴉先炸了。

「小六羅你說什麼！你膽子越來越大了！我可年輕！你是不是想要被我套上羞恥圍裙！我眞的會趁你睡覺把你換裸體圍裙喔！」

……

……

以前我還一直擔心六羅留在那邊會如何，現在看來他八成如魚得水，過得挺不錯。

不過六羅怎麼會和泰那羅恩湊在一起出現了？這組合是不是哪裡怪怪的？

「水火妖魔在你們身上有殘留印記，你們到妖靈界後被觸動了，兩位讓我前來……嗯，看見活物想對你們不利就除掉。」六羅有點雲淡風輕地說著。

雖然我是覺得剛剛水妖魔那番話應該不是見人就殺這麼簡單，她肯定還指定六羅要做什麼奇怪的手加工。

最後走出來的第三個身影比起大王子和六羅，從外型來看正常了一些，普通人類的樣子，甚至還有些鄰家大哥的溫和感。

然後那種溫和陡然一變，凍結了附近的空氣流動，連帶著微笑的聲音聽起來都像從地獄最深處爬出來要索命的閻魔。

「早已被除名的天網百塵，誰給你們的勇氣，來動我白陵本家的人。」

現任的妖師首領白陵然，微笑著抬起手，「你們能夠撐得了一時，以為可以撐得了奪命的一刻嗎。」

隨著他的話落定，黑術師後方一大半的黑術士發出了非人的號叫聲。

本來這些訓練有素、千百年鍛鍊出來的菁英黑術士不應該會輕易發出聲響，但是他們從腳趾開始急速潰爛、像是有幾千條蟲子凌虐般沿著皮肉向上啃，將他們全身啃得碎爛卻還不死的時候，他們不自覺都發出了本能的慘叫。

「我說過，凡是想要對妖師一族不利者，管你是神是魔，必定不得好死。」

第五話　分歧的起源

四周靜默了下來。

那些被咒殺的黑術士哀號漸弱，最終化爲一灘泥水黏貼在黑沙上，直到完全成爲連顆粒都沒有的血水後，冒出一股氣味詭異的煙，消失在沙粒之中。

「白陵家主。」

「黑術師。」

似乎對白陵然的稱呼感到不悅，黑術師的鐵面具緩慢地轉了細小的角度，裡頭傳出來的聲音帶了一抹高傲。「看來妖師一族的族長過於年輕，連如何稱呼長輩都不明白，妖師最後一支發展到如此眞是可悲。」

然勾起一貫平和的笑容，彷彿他面對的不是什麼凶猛的黑暗猛獸，而是隔壁走出來買菸的歐吉桑，一點壓力都沒有。「很抱歉，我不明白你在說些什麼。先不說百塵早在數千年前就已經自妖師體系中被除名，並已滅族沒有留存，至今絲毫沒有任何關係；難道您到現在還會對著您的猿人夥伴使用近親尊稱嗎。」

然講這話其實有點損人，直接把對方和猿人擺在同個位置上，擺明完全沒打算尊重。

不過他怎麼會隻身來到這裡？冥玥和辛西亞怎麼沒和他在一起？他們這三個人的組合簡直莫名其妙，完全搞不懂是怎麼湊在一起的。

「你想激怒我嗎？」黑術師發出森冷的笑聲。

「顯而易見。」然相當誠實地回答。

黑術師環顧了下擋在中間橫空出世的三人外加那隻烏鴉，可能做了點盤算，沒有立即發難。「妖師一族的事情現在還得其他人來插手嗎，特別是精靈族，管得也太廣。」

「原來裂川王插手就不廣嗎。」白陵然微微向另兩名同行者點頭示意後，踏出兩步，每一步，都讓黑暗空氣不斷降溫凝結，彷彿因某種力量而戰慄。「我可眞不知道，執掌世界顚覆的妖師一族，何時開始必須依附在扭曲種族手下俯首稱臣，還能如此高傲愉快，看來你們的尊嚴用錯了地方……喔不，我想，你們百塵在把尊嚴奉送到裂川王腳下時，早就沒有這樣東西了。」

「你說的是你旁邊那精靈的兄弟嗎，呵，放棄尊嚴的扭曲種族，比我們還可笑。」黑術師蠱惑的聲音再次響起，帶著嘲諷。

泰那羅恩漠然地看了不懷好意的鐵面具一眼，語氣冰涼：「吾弟爲眾鬼之王，不勞憂心。」

好，這句我聽懂了：黑王就算被害扭曲，人家也是最沒有人敢隨便拔毛的四大鬼王，而不是什麼地區裂川王的手下，不是同等級的干你屁事。

「看來你們是打算在妖靈界開戰了，很好，看看魔王會如何看待你們這些白色種族。」鐵面具依然沒放棄對大王子的針對，好像想把精靈族和魔族扯下水來個混戰。

「這個啊，你不用擔心啊。」六羅肩上的烏鴉詭異地笑起來，水妖魔的聲音很愉快地傳來。「你回頭看看那蜥蜴蠍子倆，不敢過來是不是？不敢過來就對了，這裡魔王是從小和我們對毆到大的，他一看到我們腦袋就爆，我們在這裡他是肯定不會來的，哪怕我們切了這塊黑沙漠，哈哈哈哈哈哈哈哈——」

我往後一看，果然隱隱約約看見聖火蜥和大紅蠍在後方偏遠處，好像真的有什麼忌憚般不敢往這邊靠，遠遠觀望著。

「不過，妖師一族的事情確實要妖師來解決。」白陵然慢慢抬起手，浮空的黑術士們腳下黑沙快速坍塌，像是原本支撐的地底消失了一樣，大量沙石急速凹陷下滑，很快地，出現了巨大無底的深淵。幾乎連人心都可以吞噬掉的黑洞中傳出某種生物的低低咆哮，腥風迴旋捲繞而出，不明威壓自下方逼出，黑術士們反射性地全部往後退開，明顯不敢待在深淵上頭，只剩死撐不退的黑術師。「裂川王，我知道你在看著，你想要的是這個力量嗎？被剝奪資格的百塵早已無法使用世界力量，看他們用的是可笑的模仿能力，所以你垂涎我們真正的妖師一族嗎？」

白陵然停頓了下，這時候我們全都感覺到空氣中出現了另一種新的視線，好像有什麼透過這些黑術士正與妖師首領互相傲視。於是然繼續說道：「我的血親太過年輕與天真，但是我不同。『你所想的事情必然不會成真，我詛咒你將被反覆侵蝕，力量衰敗、渾身潰爛，無論更換多少軀體必將同其下場，膽敢覬覦我妖師一族者，天絕地滅的痛苦不會停止，直到我親眼看見你呼出最後一口氣為止。』」

這一刻，我完全明白然真的超抓狂。他話一說完，周圍那些僵死的黑色力量餓虎撲羊般衝往黑術士群，好幾個人閃避不及，七竅爆裂出血，要多恐怖有多恐怖，連黑術師鐵面具上的孔竅都流出五條血水。

「萬千年來的忍讓，是因為我們鍾愛自由世界與身邊的一切，歷史輪迴未到，我們不會擅自結束。傾我所能維繫血脈，傾我們所能，以我們的方式留守自由世界，等到歷史停止，黑與白輪替。」白陵然的聲音很輕，卻震動空氣，與精靈水晶般的聲音不同，那是類似禪院老鐘一樣，沉到內心最深處縈繞不斷的音軌。「你當我們很好欺負嗎？還是你認為妖師一族避戰是怕了世界追殺？你們認為你們這些裂川王、黑術師來到妖靈界不再受白色種族與光的牽制嗎？」

妖師首領勾起笑，黑暗中，飽含恐怖的威脅重壓，驚雷一樣砸下大地。

「我才是眞正的黑暗。」

※

「很好。」

恐怖席捲整片土地時，黑術師的上方出現了一大團黑霧，血紅色的眼睛被點綴在上面似地緩緩睜開。這東西出現時，後面那些黑術士顯然得到了某種修復與信心，爆開的傷開始緩慢恢復，又重新站直起來。紅眼睛傳來聲音：「放心，妖師遲早會來我們黑暗同盟。你們展現力量，就會與世界爲敵……白陵族長，你果然同樣天眞，你這舉動也會逼得魔王不要你都不行，妖師首領的力量大過我們所預計……等著瞧吧。」

幾乎一嗆完話，那雙紅眼便瞬間消失，連帶所有黑術師和黑術士也一起消散。

看著黑術師消失之處，然做了個收掌的動作，下方的黑色深淵緩緩消失，沙石也重新回塡那個坑洞，再次盈滿起來。

「然……」

我連忙上前想要說點什麼，六羅突然拉住我：「什麼都別說，先離開這裡。」他打開了全黑的空間走道，看了看大王子和妖師首領。「該往哪邊？」

「我那。」然停了半晌，看了我一眼。其實我覺得他這時候應該是有什麼話想講，不過他也沒開口，只回頭轉向泰那羅恩：「殿下與魔使者同行嗎？」

泰那羅恩搖搖頭。「我只來確保所有人的安全。」

「水火妖魔兩位吩咐我安全將你們送回後，得盡快回去。」六羅撥了撥肩膀上已經不再亂笑的烏鴉，那烏嘎嘎叫了幾聲，變回眞的妖魔鳥。「恐怕我們都得立即回去準備，接下來的事情必定會很麻煩……你們要小心。」

「嗯，謝謝你們。」白陵然與兩人禮貌性地行過禮後，又重新淡淡地掃向我，這時他已經沒有剛才那種橫掃黑術師的恐怖壓力，只是那個我很熟悉的人，勾起似有若無的一笑。「回家了，你的朋友們要跟來也行。」

我連忙轉向學長他們，夏碎學長仍揹著不知是否還清醒的重柳。當時我大概是帶著點懇求吧，我看見學長表情有點微妙，但是我眞的很希望他們和我一起回去。也不知道爲什麼，隱隱約約就是覺得這次回妖師本家肯定會碰上很重大的事情，即使然他們都在，我還是希望身邊能夠有多一點更信任的人。

具體原因說不出來，就是一個莫名其妙的不安念頭而已。

「走。」學長朝夏碎學長一點頭。

於是我們通過了水火妖魔替我們準備的長長通道，走過了寂靜無聲的黑暗之後，轉爲然打開的另一條空間走道。

最終出現在我們面前的，是我半陌生卻又半熟悉的妖師本家。

所有人到達時，第一個見到的是等在大門前迎接我們的辛西亞。

預計他們原先想帶回的人應該沒有這麼多，但女性精靈在微微一愣後，注意到大部分人都受了傷，連忙上來幫忙。「這裡已經布下隔絕結界，請快點進來休息。」

看見有精靈，莫名其妙被挾帶來的重柳好像放鬆了一點，不知道爲什麼，他沒有轉頭就跑，或許有可能是真的傷重沒力氣跑吧，乖乖地被辛西亞領進門。

「冥漾，你和我過來一下。」進屋後，然拍拍我的肩膀，示意先單獨談話。

我看學長沒什麼反應，於是跟著然脫離大團，慢慢走出主屋，踏進了一片綠意的庭院。院子裡原本有幾隻半透明的小幻獸在打滾，看見有人進來，立刻竄進矮樹叢中躲得不見影子，只隱隱可以感覺小動物的氣息還在，正偷偷地露出小眼睛悄然觀看著。

這院子與有鞦韆那座院子截然不同，有著清爽小巧的矮木造景，散發獨特舒爽的綠色香氣。應該說其實本家的大宅裡，幾座庭院的風格都不太一樣，看來是特意打理過，用意似乎是希望能讓這裡的主人可以在不同房間好好地調整心情。

我跟著然在庭院裡悠晃了一會兒，大概走了兩、三圈之後他才停下腳步，轉過來示意我到旁邊的小石椅坐下。

一隻圓滾滾的幻獸頂來茶水，微溫的琥珀色茶水上浮著小巧的白色花瓣，看著有點可愛。

「我沒有生氣，你不用擔心。」然端起茶杯，給了我一記安撫的溫和眼神。「如果知道是百塵家盯上你，或許在獄界就該將你直接帶回，沒留意到是我們的錯。」

「他們……」

「這些等等再一起說吧，小玥已經去拿相關的物事。」然說著，放下茶杯，拉起我的手盯著上頭第二顆黑色幻武大豆。「不介意的話，就在我這裡現身吧，魔族的朋友。」

隨著妖師首領的話，我們面前颳起一道黑風，先前那個與我簽訂血誓的高大妖魔絲毫沒有避諱地直接出現在我們眼前，還帶著抹囂張的笑，大剌剌地往然的臉上盯著瞧。「正牌的妖師果然就是不一樣，和這種小弱雞、空有力量才剛在學步的一天一地。」

「如何稱呼會讓您舒服一點。」然還是淡淡地微笑，不太在意這種放肆的打量。

「你可以叫我希克斯，美人喊名字聽起來總是很舒服，魔龍也行，但我比較喜歡後面加上大人。」魔龍有點不正經地抬起手，好像想去抬人的下巴，不過這動作做到一半又收回去，他繼續笑笑地說著：「我太久沒到這世界，現在變成怎樣呢？」

「既然你與冥漾締結血誓，那麼在你跟隨他期間就會知道。」然笑了下，「大魔物會因為各種因素失去身體進入沉睡……通常越強大的魔物越難在真正的意義上死亡，而是會將意識埋入深處，等待肉體重組或是取得軀體。然而您卻在這個聚力的中途選擇了冥漾，甚至甘心壓縮自己力量屈居為次等的幻武兵器，這讓我十分好奇您的居心。」

「這不就是睡太久了，突然發現有個妖師跑到上頭來，黑色力量還不賴，說不定可以找機會吃了他，就不用等重塑了。」魔龍不懷好意地往我瞟一眼。「不過你也有好處不是嗎，我的力量可比那女的強多了，可惜你沒打算來個毀滅兵器，不然就能展現我的實力。」

「這就不用了，不過你那個小飛碟到底是什麼？」我有點無言。這魔龍根本不講真話，只是在隨便敷衍然，連我都看得出來了更何況是妖師首領，看起來只是然判斷他暫時對我沒有惡意，才沒繼續問。

「喔，組合球啊，我看你這呆雞那時候不知道要啥兵器，就把力量切割了，三顆自由增幅，一顆打人用的、一顆防守用的，這麼簡單的東西你別說不會用吧。」妖魔有點瞧扁我地咧了一個壞笑。「弱雞，身體不行腦袋也要行啊，幫你弄了個那麼萬用的小玩具。」

「請問治療球呢？」我鎮定地發問。

「沒有，死了就是太弱，活該去死好嗎。」魔龍給我一個嫌棄的眼神。

「你就沒考慮過宿主快掛掉的狀況嗎？」

「那我就只好問你要不要將靈魂賣給我了。」

「你是妖魔還是惡魔啊！」

「有人規定妖魔不能騙靈魂的嗎？」

「……」

我看著妖魔兵器，覺得很有道理，無話可說。

反倒是魔龍笑著擺擺手，一臉隨便的表情。「你們也不用想太多，我呢，對這弱雞沒惡意，借個地方住住，身體養好我就走，如果達成目標我也會提前離開，反而是對你們比較有利，這弱雞能力越大就越能調動我更多力量，穩賺不賠，安心啦。」

「你知道他身上的詛咒吧。」然好整以暇地把玩著手上古樸的杯子，微笑道。「雖然你現在是幻武兵器，也沒有兵器被咒殺的案例，但我想你應該也是會自爆的。」

魔龍抬起雙手，做了個投降的動作。「我的目標與他們不一樣，對妖師也沒任何興趣。」

「希望未來也不會。」放下杯子，妖師首領還是那副和藹可親的模樣。

※

幻武兵器鑽回去休息之後，然也站起身。

「小玥到了，剩下的待會兒再說吧。」

盯著然轉身往主屋走的身影，我連忙跟上，當時莫名有種奇怪感覺。認眞說，他帶我來院子看了一下幻武兵器這事情好像也不是那麼趕，重要的話也沒說多少，就好像其實他只是……

只是想要聊幾句話？

我甩甩頭，覺得自己想太多了，他們這種一分鐘出場費三百萬的大人物大概沒啥時間好隨便聊幾句，比較可能還是要確定那個魔龍會不會危害到妖師本家吧。

趕緊加快腳步跟上，我們兩個就這樣一路走到主屋的核心主廳。這個主廳與外面平常接待客人用的大廳不一樣，聽說只有妖師本族相關人士可以進入，重要事項也幾乎都在這裡討論，結界守護布置幾近嚴密，裡一層外十層。穿過門廊時，我還感覺到有精靈術法的力量，可能是來自於辛西亞。

踏上一塵不染的木地板時，我立即看見其他人都在裡面了，除了學長、夏碎學長和辛西亞，還有比較晚到的冥玥，她和平常不太一樣，感覺很嚴肅，身邊站了兩個我沒見過的人，大約三、四十歲上下，都穿著筆挺的黑西裝，沒說真的會讓人有種什麼殺手的感覺。

那兩人扛著一個超大本的石板書，比上次我們在那啥地方看過的都還大，看起來至少有全開那麼大一本，雖然那兩人一看就知道不普通，不過連他們搬過來時也有點抖。石板書轟然放在木地板上時，書角邊的木料還被壓得破開翻起，發出讓人牙痛的聲音。

「這是我們寄存在時間長流的起源之書。」然讓那兩人先行離開主廳，之後重新關閉結界。「妖師一族在被追殺的漫長歷史當中，能留下的東西並不多，現今我所知唯一留存的只有這本『磐石』。最早之前妖師還是一個整體的記錄，六界戰爭爆發後，妖師一族逐漸屈於白色種族中的劣勢，在精靈與時族協助下，將血脈記錄沉入長流當中，以便未來後代族長能夠調閱。」

「照理來說是不能讓外人看。」冥玥沒好氣地斜了我一眼。

「小玥，沒事。」然衝著學長和夏碎學長微笑了下，「我們受到許多精靈族的幫助，這也不是什麼必須避著人的事情。」

「冰炎能代表冰牙族與燄之谷，我想我迴避比較好。」夏碎學長大概也是從剛剛開始就有點尷尬，立刻主動提出。

「不，如同我說的，這並不須要避著他人。」然勾起唇角，不過周圍氣場已有些改變，似乎讀懂空氣的夏碎學長默默坐回原位，妖師首領才繼續開口：「我認爲，妖師的起源歷史沒有什麼須要躲在他人背後小心談論，既然兩位都是我們帶回來的朋友，就彼此都大方點吧。」

白陵然緩緩伸出手掌，掌心停在幾乎有他半個人高的石板封面上。

這本巨大石板書的封面其實很樸素，只有在黑色的板面中間有個深深的符號刻印，看不出是圖還是文字，莫名有些眼熟，好像在哪邊看過類似的圖文。那個圖文現在正對著然的掌心微微發出一種很清澈的幽藍色淡光。

幾秒後，石板書下面傳來輕輕的喀一聲，我突然感覺有無數根本說不出來是什麼的細小術法不斷解開，像是它們原本環環相扣，緊密如網地鎖死這本古老的厚重書本。

幾百道鎖瓦解後，書本內好像傳來聲低低的嘆息，就這麼安靜了下來。

「妖師一族的結構原本並沒有這麼單薄。」然示意我和冥玥靠近石板書前，那本書就像是有自己意識似地自動翻開了第一頁，接著與其說是翻，不如說是「展開」。第三頁整頁往不同方向展開，像是鋪開地毯，原本以爲會同樣厚重的石刻內頁居然輕巧得完全沒發出聲音，急速鋪開了一大片，每頁上面都刻著密密麻麻的奇怪圖文，有的會搭配一些版畫。「最早能驅使古代大陣、也就是在當時所說的世界陣法，是由三個妖師家族一起聯手……如果冥漾你記得的話，當時在湖之鎮回收陰影的古代大陣，本身就是一種世界允許驅使陰影的術法。」

「允許？還有不被允許的？」我想起那時候的狀況，突然有種當時年紀輕輕不懂事，現在好可怕的感觸。

「用你聽得懂的話來說，就是整個世界意識允許範圍內的『合法力量』。」一邊的冥玥嘖了聲。「雖然現在拿出來用會被圍剿，不過妖師調動陰影，本來就是被世界賦予且許可的『合法力量』，否認我們使用的不是世界，是其他生命，懂嗎。」

「呃……」

「不過如果用在白色歷史時間針對白色生命進行不合理的大屠殺，就會被白色的『合法力量』壓制，屆時本身也會有一定程度的能力消散，無法順利使用世界陣法，這就是被判定爲『不合法使用』。」冥玥彷彿想要好好給白痴講個簡單易懂的懶人包，皺起眉想了一下。「總之，我們天生的種族責任交給我們什麼，古代大陣與重要能力就只能順應允許而使用。」

「其實我想說我懂。」這也還算簡單，反正就是精靈族被賦予天生愛護小動物，他們力量就會用在愛護小動物身上，懲戒踐踏小動物的人，妖師則是在小動物抓狂沒救時候給他一刀，肅清生長的，很容易懂啊。

「你懂你不會早說！」冥玥直接抽了我腦袋一巴掌。

我摀著腦袋，覺得有點悲傷，懂也被打、不懂也被打，人生眞難。

「嗯，就像白色種族有所結構一樣，黑色種族也有。」然好像沒看見我們兩個打人與捱打的畫面，面不改色地繼續說下去。「每個種族各司其職，爲該來的那一刻做準備。這當中，妖師一族最原始以現今的白陵本家爲首，執有近似精靈的心語力量，天生能溝通黑暗並讓其服從，是主要調動陰影成爲歷史兵器的最大核心。」

妖師首領這麼說著時，地板的石板上慢慢像立體書般浮出幾道人影，就和普通人類沒兩樣，眼睛鼻子嘴巴都生得端端正正的，其中一人竟然有點凡斯的影子，眉眼很相似，可能是近親祖先。

「我們手下的其餘黑色種族也大多爲協助分析黑暗語言，例如能夠導讀黑暗的夜妖精。」

然後那幾個本家的古代祖先後面出現了高大的夜妖精身影。

「戰爭年代，本家作爲最大的力量調動者，等同歷史凶器，可以獨立使用心語啓動古代大陣，在當時我們的勢力最爲龐大，直到後來隱遁歷史幕後解散所有黑色種族，等待結束的那一刻。」然停頓了下，看向石板的另一側，那邊同樣浮起幾人，也是平凡無奇的外表，甚至還有一個人長得超憨實，頗像以前家裡附近賣早餐的大叔。「這是被稱爲天網的百塵一族，最早妖師手足分出的血緣分家，雖然沒有心語能力，不過他們有切割空間的術法能力，並在幾代之後發揚光大，可以瞬間轉移黑色種族的據點。」

「在這個遠古記錄上面，他們也曾與時間種族一起合作對抗過入侵這個世界的魔神，結合了黑白兩界最頂尖的時空術法，在保護世界上立下了很大的功勞。不過在當時，時間種族的行動還是比較隱蔽，基本不在世人面前出沒，所以有關他們合作的記錄異常地少，幾乎沒有，我們這裡所保存的也僅僅是百塵家當時的記錄殘片。」

我看著那些百塵影像後面也陸陸續續走出像是夜妖精那種輔助種族，看起來正氣凜然，雖然是黑色種族，但還有著至今無法磨滅的戰士驕傲。

「然後是純輔助家族，『千眾』，外面很多人都給予其能力名稱爲『守護』。」

第三組浮起來的影像，帶頭的是名女性，看起來極美，黑色長髮有些微鬈，柔順地披散在長袍上，不太像是戰士，比較像是法師類的。她的身後也有許多黑色妖精，不過有的看起來很夢幻，就像她一樣美。

「在這個起源記錄上，千眾家並不參與戰爭，他們照顧並庇護所有黑色生命，從人形生命到幻獸、魔獸，擁有最多黑暗治癒術，甚至可以在初期排除陰影造成的扭曲毒素，妖靈界中常有妖魔前來請求幫忙。這也是遠古戰爭、黑白種族聯手對抗世界外入侵時，白色種族及黑色種族本身並未被污染、扭曲成鬼族的最大主因……凡斯在首領之位當時，認為妖師一族很隱蔽，沒有必要調閱起源之書，所以並不知道這件事情。」白陵然握了握手掌，「他的記憶裡從沒翻過，這千年來恐怕我們是第一個主動追溯起源的後代。」

當年，如果凡斯調閱了這本書，知道了千眾的消息，有些事情能夠改變嗎？

白陵然好像看穿了我的想法，勾了唇，笑容卻是我以前從未看過的苦澀。

「可惜，即使他知道也改變不了歷史。」

立體影像中的千眾族人張開嘴，發出無聲的慘叫，美麗的女性和那些同樣奇特好看的妖精們被突如其來的兵器穿透身體，有人撕碎他們的幻影，重現了當時的慘況。

「千眾家是第一個遭到滅族的妖師一族，連帶他們所擁有、開發編寫的治療術法，幾乎完全付之一炬。」

「毀滅他們的，就是百塵家。」

在一個城市中，如果有一天所有醫療系統，甚至裡頭的醫生、護理師全都被人消滅殆盡，而凶徒完全不留藥物、治療記錄時，原本生存在那邊的人們一夕之間便會失去了拯救他們的希望。

這時，隨意一種毒素都很容易讓人們陷入極度的驚恐之中，連原先能夠剋制的黑色毒素也開始肆無忌憚地蔓延起來，食人怪般一個個吞食時刻與邪惡、毒素為伍的黑色種族居民。恐懼與憎恨加速了傳播，第一波扭曲成鬼族的，便是在等不到拯救的這般狀況下。

「千眾被滅族之後，原本還算與白色種族交好的黑色種族也陷入恐慌，當時就連妖師都會被反噬，所以本家立即決斷收攏所有陰影與相關兵器，先快速控制陰影帶來的影響，隨後全面處置出逃的百塵一族。」白陵然細細替我們解讀上方記載的遠古記事，周邊的幻影也跟著一次又一次變換出讓人怵目驚心的交戰場景。「魔神屠戮的戰爭過後，黑色種族的矛盾與影響全面爆發，許多族群和白色種族反目相對，與生俱來的光明與黑暗排斥徹底衝突起來，之後陷入了漫長的黑暗時代。」

我大概明白了，這一部分應該就是大王子他們開始奔走各個戰場，抵抗滿世界不斷滋生的邪惡軍團那年代。

具體時間雖然他們沒有明說，不過這個黑暗時期長達數千年，後來白色種族勉勉強強「勝利」，至此奠定黑色種族隱匿沉默的結果。

「在黑暗時代來臨之前，本家因為意識到歷史兵器會引來覬覦和爭奪，所以與精靈、時族一起切割陰影，分別散落在不同處加以封印，大部分的看守都交與精靈和時族，本家則是在追蹤處置百塵餘孽後也因爲各種因素分崩離析，隨後解散了所有附屬種族，吩咐他們隱遁世界，直到歷史再次需要黑色種族。」

白陵然揮了一下手，周圍打成一團、各自分成很多小區塊的戰場也跟著消失，接著重新組織出本家和百塵家。「這上面關於百塵家的記錄，記載他們最初是受到『異靈』的蠱惑，認爲不應該將世界交給優柔寡斷的白色種族，進而與另外兩支妖師首領溝通，然而當時這提議完全被反駁，畢竟時間軌跡屬於光明，不得背道而行。」

「這事情我也聽父親與黑王提過一些，不過都是父輩偶爾提及才耳聞。大約只知道妖師一族在遠古時期曾殞落一次，實際狀況不清楚，隨後黑色種族崛起，才進入黑色戰爭的時代，當時妖師一族就已經被許多白色種族襲擊，數量越來越少。」學長有點不太確定地說：「這上面有記錄決定性毀滅眞正的原因嗎？」

白陵然轉過去角落那片石片，上頭原先應該是有些什麼，但看來遭到某種暴力削除，整塊都被磨平了，連記錄的石板都比其他塊薄得很多，像是要把最細微的刻痕從這世界削除，不讓人有機會探查。

不過再往前追溯相連的另外一塊石板，倒是還留有些記錄。

然走到比較角落的石板前，那邊的幻影相應浮出，是一對美麗的少女，看起來不過十三、四歲的模樣，還比我小了點。

「百塵鍊。」

「……等等，那個黑術師好像叫……百塵鎖？」我隱約回想起來被追捕時，重柳確實曾喊過這個名字。

「對，這是末代百塵族長的同胞妹妹，百塵鍊。」白陵然左右看了其他相關石片，繼續說：「唯一的記錄只有這片上面有，可能是因此才沒有被破壞。這上面記載百塵鍊在妖師還未分裂時，曾以術師的身分輔佐過族長，隨後在一次與時間種族的共同活動中意外受毒素污染，當時千眾家及時將人搶救回來，不過也落下了致命傷害，有很長一段時間無法離開家族；上面寫著百塵族長當時對於時間種族的處理相當不滿，在這段時間中完全拒絕原先計畫好的聯手出戰，時間種族只能重新整頓，後來在單獨對抗『某些邪惡』中受到極大創傷，時間種族一共有兩支分族精銳被消滅，另一支在當時相當龐大的主力軍則死傷慘重，只剩不到十人被搶救出來。」

「重柳族。」我看到浮出的戰士影像肩上，有著姿態不一的蜘蛛，特徵非常明顯，他們的生前殘像威風凜凜，但看起來並不像現在如此執拗偏激。

「因不明原因，重柳族從此事件後也退出聯合行動，並宣稱黑色種族是世界毒瘤，黑色時代降臨之後，更突然開始與其他激進派白色種族一起進行獵殺黑色種族的行動。」白陵然嘆了口氣。

這就是一個典型的不知先有蛋還是先有雞的仇恨事件了，到底是因爲在戰爭行動中時間種族哪裡對不起妖師造成了死傷，還是因爲百塵家過於記恨，拒絕了規畫好的行動才致使大量時間種族遭到原本不必要的打擊。

誰也不知道，因爲上面沒記錄核心重點，只留下個疑似的導火線。

「對了，剛剛說是他的同胞妹妹，是雙胞胎嗎？」

我想了想還是想不出來到底是哪邊先搞的事情，所以只好先轉回那兩名少女。

「不，家譜記錄上，百塵鎖只有一名胞妹，百塵鍊。」

一種詭異的寒意突然爬到我背後，我毛骨悚然了起來，只聽到然繼續往下說——

「另外一個，是異靈。」

第六話　血仇

異靈是什麼？

其實我不是第一次聽見這個名詞，上次聽見時本來要等人解說的，結果後來被很多事情耽擱，居然就完全忘記了，現在再次在妖師本家聽見，而且還有個殘影被記錄在石板書上。

看起來原本相當美麗的一對雙胞少女瞬間陰森了起來，白皙稚嫩的臉異常蒼白，就連那雙烏黑的大眼中都抹上說不出的陰沉，好像裡頭藏了無數邪惡的小計畫，隨時可以用在傷害生命上。

「從遠古時代開始，凡是六界遭到毀滅性打擊前，一定都會出現異靈，也被稱爲『毀滅的先鋒』。它們來自無法探測的空間，有時候也會從人心滋長出來，等到數量變得龐大之後，會建構出『橋梁』，把純粹的邪惡帶到世界上。」

白陵然如此說著，旁邊其他人都默默地聽著，這些事情他們老早都知道了，第一次聽說的估計只有我一人，我看了下，不只學長，連辛西亞表情都相當凝重，這種嚴肅完全超越鬼王降臨世界上進行大屠殺的程度。

「所以是類似鬼族那樣也潛伏在哪裡？」我思考了一下，他們一直說我們這邊是六界，那如果還有一個不明存在，難道是未知世界之類的嗎？

外太空？

這年頭眞不容易，連外星人來犯都要打，超辛苦。

學長突然警告性地瞪了我一眼，我連忙呑了下口水，縮縮脖子，正經回去。

話說回來，他自己信誓旦旦說沒有偷聽，所以他到底是根據什麼來發現我在想啥？別說看表情，看表情眞的太神了！我面無表情他還能知道我在想外星人嗎！

「是的，冥漾你應該這陣子也在各個種族聽說過些事情。例如燄之谷狼王、冰牙族的精靈王……等等諸位。他們一直在看守遠古時候遺下的那些邪惡痕跡。」白陵然慢慢將異靈和百塵家的幻影按回石板記錄當中。「『異靈』和其背後的邪惡帶來的破壞與鬼族的破壞截然不同，大多黑色種族的破壞是來自於想要一個『棲身之地』，將白色種族變爲同類；而異靈帶來的是六界毀滅，它們不想要留存種族，而是要完完全全將所有呑噬殆盡。」

這我懂，外星人毀滅地球梗！

妥，瞬間搞清楚差別了，那還是應付鬼族比較好一點。

不過這樣說起來，之前那誰說的好像沒錯，現在看起來，重柳族確實與妖師有仇，光是那個聯合戰就已經有不小的問題了，之後的大追殺大概就是血仇了……不知道現在去問重柳，他會不會曉得這個淵源，雖然他給我的感覺是不知道。

應該說，現在正在追殺我們的重柳族與其說是爲了那不知道多久以前的遠古仇恨，不如說根本已經把這種仇寫進他們的血脈基因裡，天生看到黑色種族就是要打，特別是妖師，更要往死裡打，起因是什麼他們搞不好不一定曉得。

重柳以前去時間歷史看半天，給我的說明是他也不明白以前有這種事情……等等，難道是被什麼掩蓋嗎？

不然他連百塵家都認得出來，沒道理不知道種族仇恨。

這件事情是被掩蓋過的嗎？

「百塵家相關的事情大致如此，這事情在白色種族裡似乎有歷史斷層，辛西亞先前回螢之森翻閱記錄也沒看過。」然揮了揮手，石板書緩緩地摺疊起來，過往幻影一一縮回書本裡，隨著那些文字重新被收攏起來，準備繼續沉睡，直到下次被翻閱。「通常造成歷史記錄斷層的原因大多是容易影響世界的嚴重事故，被知內情的有心人士抹滅。妖師的記錄看來被百塵家抹去，重柳族與其他白色種族那邊就無法得知了。」

聽到這邊，與我想的大概也差不多，還是沒有翻臉的重點。我想了想，有點漫不經心地隨口問道：「那黑術師說我的血海深仇就是這個嗎？」

轟然一個聲響，收好書頁的石板書猛地失去平衡，原先因收勢微微飄浮起來的厚重石書整個砸下來，把本來就已經壓壞的木地板砸出一個大洞。

其實這句話是我沒什麼經過大腦的反射性回問，正好在說百塵家，才把黑術師硬扣上來的詭異問題隨口提出來，沒想到然的反應會這麼大，大得我都嚇到了，一時之間愣愣地看著失手的然，還有那本卡在地板大坑裡的書，來不及完全收回的石板書頁有些露出了邊角，傳出部分細語聲，好像被刻印在書中的亡靈正在竊竊私語。

下意識轉向站在一邊的冥玥，這時候才發現我老姊的表情異常嚴肅，連我都不自覺跟著一抖，隱隱覺得發生什麼大事了。

過了幾秒，然突然勾起淡淡的笑容，有點突兀，好像在那瞬間把他難得的失態完全收拾乾淨，轉過頭又是平常我熟悉的那副樣子，只是多了些許無奈，還有某種說不上來的冷戾。於是他說：「這就是殊那律恩要讓我們告訴你的事情了。」

我眼皮突然不由自主地跳了下，有點想要拔腿逃跑。

「我們迴避嗎？」學長微微皺起眉，問道。

「不用，你們跟著來吧。」冥玥擺擺手，「反正你們也不是沒見過『她』，遲早會發現。」

學長愣了愣，突然表情一變，「該不會是……」

「看來我和然那時候雖然還小，不過做得不錯。」冥玥與然對視一眼，兩人笑了笑，臉上多了點悲傷。

辛西亞無聲地走上前，握了握冥玥的手臂，又走過去牽著然的手。

白陵然嘆了口氣。「都跟上吧。」

石板書徹底被收好，無數的鎖再度封死這本歷史，然後輕飄飄地從洞裡浮起，擺放到了完好的地板上。

我們幾個人跟在然不快不慢的步伐後，就像剛剛在庭院裡散步一樣，穿過了長廊，離開了核心主廳的範圍，沿著銜接的蜿蜒曲廊走了一會兒後，造景風格陡然改變，出現了我有些熟悉的那棵大樹，重新被安裝回去的鞦韆依然在那邊隨著微風輕輕擺盪。在樹下來回跑動的幻獸看見有人進來，立即快速一閃一縮，不見蹤影。

我還記得，當時就是看到上一任妖師首領在這裡被殺害，以及然在這裡成為妖師的畫面。

這次，然沒有帶我們往鞦韆走去，而是在一扇門前站好。

不知哪來的風從走廊入口處吹了進來，幾乎被吹得一陣涼，同時那扇門被妖師首領推開。

那瞬間，一把刀直接迎著我們劈下來。

刀鋒對著我們劈下來的那瞬間，什麼氣息都沒有感覺到，就這樣穿透我的肩膀。

是幻影。

一股冷意從我背脊蔓延上來。

上次我的記憶畫面被打開時，曾想過一件事——那些獵殺者發現了妖師的巢穴，怎麼可能會不動手？

屋內傳來女性憤怒的尖叫聲，約莫十四、五歲的少女穿著水藍色的洋裝，在一名美麗婦人前大張雙手，她們身邊散落著早就被破壞的各種保護術法，殘留的黯淡光澤還在掙扎，然而卻被毫不留情地踩碎。

彎刀直劈下去，直接將少女砍成兩半，人類的身體於是消失，平空落下的是法力盡散的小巧人偶，兩個叩咚聲是它一左一右的身體掉落在地，然後沉寂下來。

持著彎刀的重柳族女性在過去的畫面中面對著我們、也就是那名美麗婦人一手要拉開的門前，高傲的視線彷彿在看掙扎的蛆蟲，不屑地開口：「死吧，妖師。」

偌大的房間裡其實還散落著很多被破壞的人偶，有的像人類一樣被劈出的碎片裡殘留血液，有的人偶還沒死透，拖著殘肢在地上向前掙扎，努力想要幻化出扭曲的肢體拖住外來者奪

命的腳步。

如此猙獰的凌亂顯示此處已經歷過一場凶險的抵抗，那些小人偶們像是騎士一樣曾經守護在婦人身前，一個個被破壞，努力以最後一絲力量幫婦人開出狹窄的生路。

然而這些仍然止不住襲來的無情殺戮。

第一刀落下時，婦人險險避開，手臂被利風割開一條大口子，血液噴濺出來，就灑在門上，四散的血珠穿過我們的身體，落在走廊地板上。

這瞬間我想起來很多、很多的事情。

那一天，老媽帶著我和冥玥來到本家，就像以前好幾次回娘家般來本家走走，讓我們熟悉這個大房子。

然而那日，舅舅好像有什麼重要的事，和其他幾個大人在主屋裡沒有出來，所以我們自己在其他庭院玩耍，而媽媽和舅媽說說笑笑著要去準備點心給大家吃，冥玥則是溜到別處去玩……本家有很多稀奇古怪的小東西，有的很漂亮，冥玥找到好看的東西時，經常會拉著我一起去看，然後……然後經常陪在我們身邊的白陵然就會不知道從哪裡走出來，帶著極具耐心又溫和的微笑，一件一件告訴我們那些東西的用途，像是成熟的小大人，對於童言童語完全不嫌煩。

每次回到本家，都是一樣的玩耍、一樣的大屋冒險，還有坐在那邊聽然為我們講一些奇奇怪怪的小故事。玩累之後，老媽和舅媽會帶著笑容，從廚房裡端出一道道好吃又好看的小點心……老媽從以前開始就很喜歡煮各種東西，舅媽的手則是很靈巧，經常捏出小兔子豆沙包來哄我們，身邊常常跟著很多長得一樣的小姊姊幫手，給我一種大宅很多人可以一起玩的錯覺。

那些小姊姊長得就和剛剛被砍成兩半的人偶完全一樣。

「我們都已經避居世界了，為什麼你們還是不肯放棄！」婦人看了下門外，狠狠地扭頭轉過身，不知道為什麼沒有踏出這條人偶替她開出來的最後道路……總之她並沒有往外逃，而是回過頭，在門口設下新的保護術法，屋內的人偶掙扎著，幾名斷肢殘缺的少女勉強從地上爬起，纖細的身體炸出層層光陣，將室內封鎖起來。然後婦人繼續對著痛下殺手的女性開口：「妖師一族早已不干涉歷史，你們究竟還想要怎樣！」

「光是你們的存在就該死！」

重柳族的彎刀正要砍下時，那些各自少了幾個部分的少女撲上來，纏住她的手腳，光陣符文從她們身上漫開，彎彎曲曲地爬到了重柳族身上。

「我絕對不讓妳傷害其他人。」婦人張開手，身邊轉出了兩個陣法，從裡頭傳來某種野獸的低咆。

在旁邊看著，我才發現原來舅媽是一名雪妖精，她身上出現和登麗她們很相似的冰涼感，只是弱了許多，舅媽應該不是戰鬥系的妖精，所以才會有那麼多帶著保護術法的人偶在她身邊作爲輔助。

這也註定了不管再怎麼掙扎，剽悍的重柳族最終都會得到勝利的結局。

彎刀劈開婦人胸腹的瞬間，我轉開視線。

雖然是過去的記憶，但眼前鮮明的影像與對話，還有滿室濃重又絕望的血腥氣味，幾乎讓我們彷彿身在現場。

我不知道這時候的然在想什麼，這個房間對他來說其實就是他母親的墓場，每一次打開都得血淋淋地看著他親生母親被一個莫名凶徒殺害，彎刀在她美麗的頸項至小腹切開了巨大傷口，肌肉血骨裸露了出來，腸胃隨著引力掉落在地板的血泊上。

辛西亞站在然的身邊，用力攢緊他的手。精靈像是想給身邊的人更多的力氣，帶著水波流光般的眼睛裡浮現了悲哀。

當年然之所以會那麼殘酷殺死重柳族的理由，不必明說，現在我已完全明白了。

我看著倒在血泊中的舅媽，突然感到鼻酸，那個重柳族甚至怕她沒死透，直接往她心臟又補了一刀，直到雪妖精完全喪失了生命的光彩，重柳族才抽起彎刀，嫌惡地甩開上面的血液，往她頭部踢了一腳，像是踢開擋路的障礙物。

正想轉頭跟然說些什麼，那瞬間我瞠大眼睛。

因爲雪妖精死亡而碎開的最後結界層後出現了另一個人，那正是她擋在門口、不再逃生的最主要原因。

那時還很年輕的白玲慈淚流滿面地發出尖叫聲，她手上最後一個人偶跳出掌心，轉身化爲少女，持刀往凶手面門砍去。

重柳女人一刀把少女砍倒在地，漂亮的頭顱滾到一邊，化回人偶。

我媽即使身懷妖師血脈，卻也只是個完全沒有任何能力的普通人，她彷彿只是爲了將某些血源力量傳給我和冥玥，自己一分都沒有留下。這種事情，我是最明白不過的。

我就這麼眼睜睜地看著那個重柳族女人出現在我媽面前，掐住她的脖子將她按在門廊的柱子上，彎刀貫穿了她的胸口，深得直接插入柱子，然後拔出。

沒有任何力量，重柳族甚至不屑去確認生死，驕傲地一扭頭，轉身消失在已無法困住她的迴廊。

留下了兩名女性，被開膛剖肚的躺在門內，死得不能再死；而門外的，眼神逐漸黯淡，死亡的陰影慢慢籠罩在她身上。

而我，只能站在旁邊看，那道留在柱子上的痕跡就在我旁邊，嘲笑一樣彎著弧度。

這些，已經是過去發生的事情，沒有任何人可以挽回。

「家裡那個人是誰？」

不知道過了多久，我突然發現自己全身很冷，不像我的僵硬聲音從喉嚨裡面傳出來，很小聲，簡直像哀鳴。

所以，家裡那個……是誰？

每次我又在外面倒楣時、住院時，還有被那些瞧不起我的附近小孩們欺負得哇哇大哭，在那邊看護我、安慰我，沒事還支使我、凶惡我，每天每天給我煮三餐怕我餓了冷了又給我買衣服買零食，搶著要看我女朋友和學長的……那個人是誰？

我不自覺往後倒退一步，撞上個什麼東西，機械般回過頭，看見學長扶了我一把，然後突然很輕柔地拍拍我的頭，不像平常一樣把我腦殼搧到天邊。「把臉擦一擦。」

反射性摸了把臉，才發現我的臉濕漉漉的。

冥玥走過來，不知道哪裡抽出的面紙，用力地拍到我臉上，很粗暴地抹了兩下，但是聲音卻比往常都要溫柔。「那個……也是老媽。」

「什麼意思？」我看著年輕的白玲慈躺在那裡，很想大叫快點救她，可是沒有人可以救得了回憶，就算我手和腳都在發顫發軟，還被學長又多拉了一把，也救不了。

畫面仍在持續著，能聽到庭院外傳來聲響，還有慘號的聲音。我猛地想起了這時候應該是「我」在外頭遇到了其他重柳族，還有那名重柳的時間點，當時那個也小小的然正式宣告自己是妖師一族的首領。

然就那樣把我哄開了。

走廊的另一端有人走過來，我一個冷顫，還以為是哪裡埋伏的重柳族又要蹦出來時，看見來的是個矮小的身影。

當年看起來像天使一樣的小小冥玥臉上有一絲血痕，身上狼狽，好像被塞到哪裡又鑽出來一樣，面無表情地走向老媽，然後在她身邊蹲下來，大顆大顆的淚珠從女孩臉上滑落。

我這輩子活這麼久幾乎沒什麼機會看冥玥哭過，現在她卻哭得比誰都還傷心，嘴裡不斷說著：「我把命給妳、我的命給妳……我會的，我有能力做得到……」

不祥的微光從女孩腳下畫出詭異的血色法陣，像是有什麼要吞噬她，然而線條還未完全成形，一陣風打散了結陣，紅光瞬間被撕得粉碎，像是光屑一樣飄散在空中。

「別做傻事。」小小的然走過來，語氣很沉。男孩定定看著躺在自己血泊中的母親，過了好一會兒才轉開視線，咬著下唇蹲到我母親的另外一側。「……冥漾還不懂，他不必接受這些事情，我們兩個……我們兩個有『他』留下的傳承，我們兩個來做。」

女孩緩緩抬起頭，彷彿不會流乾眼淚的精緻小臉用力地點了點。

然後他們兩個一起把白玲慈拖進了鮮血斑斑的房間裡，女孩快速抱來了大藥箱，從裡面翻出瓶瓶罐罐暫時將重傷的母親吊住一口氣。

男孩將自己母親身上的內臟收攏了下，將屍體拉到旁側，然後把滿室破碎的人偶收集起來放到一邊，接著轉頭離開，再回來時手上抱著一個比較大的黑色人偶，沒有任何五官。

充滿死亡的房間內，兩人相視一眼，各自劃破手腕，大量血液馬上落到地面，卻沒有像水一樣潑散一地，而是有生命般拉出許多細線，在地上畫出血色的圖騰法陣，兩名躺著的女人被置於正中間，男孩與女孩各站在法陣的相對陣眼上。

「魂偶。」

黑色的人偶飄浮起來，慢慢懸空到陣法正中央。

「以我珍愛之物及其血肉、軀殼為引，煉製不生不死無老無幼之體。」還是個孩子的白陵然調動著自己的黑色力量，一點一滴地把言咒灌入了黑色人偶當中。「賦予你人的身軀、人的血肉、人的壽命、人的五感，直到本命體甦醒之日，方可結束一切。」

黑色人偶開始發起抖，那張沒有五官的臉動了下，轉向雪妖精的屍體，那具美麗的屍體好像被人用力砸了一拳，瞬間爆開碎爛，所有血肉碎骨飛速衝往人偶方向，把人偶一層又一層快速裹起。

原先無機的東西慢慢長出了骨骼、血管肌肉，然後是皮、頭髮，像眞人一樣的四肢身形伸展開來，開始喘出氣息不斷地呼吸。

最讓我驚悚的是，這人偶長出老媽的臉，就像另一個老媽被模擬了出來，一模一樣。

「另一個老媽」複製完成後，躺到眞的老媽的身邊，兩個人像複製人，比雙胞胎還雙胞胎，甚至身上的衣服都複印了過來。

「那時候，我們把老媽的意識連接到人偶身上。」我身邊的大人版冥玥突然開口，聲音有點乾澀。「拿舅媽和魂偶做出了一個和媽一樣的……替代品，因爲媽身上的傷太重了，一時半刻沒辦法治癒，那個重柳族在老媽身上做了死咒……我們沒辦法……」

「人偶」在法陣消散後，眨了眨眼睛，有點迷茫，疑惑地看著身邊的兩個孩子，嘴唇有些發顫地開口：「小玥……我剛剛看見……」

男孩突然伸手在人偶額頭上按了下，人偶立刻昏厥過去。

「你們立刻離開本家，我會找人將你們家完全隔離保護，『那些人』不會找上你們，冥漾的力量還沒甦醒，小玥妳……」男孩頓了頓，握握拳頭，才繼續說：「要看狀況安排他，我想既然我們這邊的力量傳承出現了，那麼當年凡斯事件的相應後人應該也會出現，運氣好的話，我們或許會再碰上他們，妳要特別小心。」

「好。」女孩扶著人偶，用力地點頭。

「我會把……把妳媽媽的記憶完全消除，她不會記得妖師一族的事情，按照我們族內規定讓她成為普通人，也不讓妖師族人追蹤。妳爸爸……我會盡量安排他遠離你們家……對不起……」男孩有些低下頭。「對不起，我應該要保護族人……」

女孩握住了男孩的手腕，眼淚早已經停止，眼神是前所未有的堅定銳利。「我們會一起保護族人。反正……反正我爸本來也很常出差，漾漾不會覺得奇怪的。」

「嗯。」男孩反握住女孩的手，兩人像是要用力扛起這份沒有任何人知道的重擔一樣雙雙挺直背脊，頂天立地地站得筆直。「我會將妳母親的身體保護起來，藏在最安全的地方，直到我們解開那道死咒，就可以想辦法讓她用自己的身體甦醒了。」

他們在那邊商議了一會兒，因為擔心其他白色種族追殺，並沒有貿然將白玲慈的靈魂置入魂偶當中，只用了類似意識連結的方法。本體在沉睡當中，於夢境裡可以操控魂偶的一舉一動，本人並不會發現異狀，直到往後本體清醒，也只會覺得身體有點怪怪，好像很久沒運動一樣，最好的狀況就是當成錯覺，直接繼續生活下去。

我站在一邊，看他們花了很久很久的時間，還有許多自己身上的血，畫了好幾次恐怖的術法之後，終於完善了人偶，幾乎與我媽別無二致。

這個魂偶往後在我們家活得風生水起，遇到學長、遇到輔長，還被重柳差點殺害時，完全沒有人看得出來「她」的眞實身分。

就連那些威脅似地在我家附近轉繞的重柳族都沒發現。

如果然和冥玥沒有說破，我估計一輩子都沒有人會發現。

血腥房間的記憶在冥玥帶著迷迷糊糊的魂偶離開後便結束。之後我們回了家，生活一如往常雞飛狗跳，歡歡喜喜。

人活在這世界上，總是有那麼一刻會希望時間倒轉重回，或是彌補自己當時沒做成的事情，或是去找回那天失去的人，又或是想跑去買一張所有號碼全中的大樂透。

我想，如果時間可以倒流，我最想做的事情大概只有一個——

去搧那個還笑得無知無覺、靠在別人保護傘下無憂無慮過生活的自己一個大巴掌，好讓他看清楚身邊一切事物，徹底地活在現實裡。

才不會像個笑話。

※

「褚。」

恍惚之際，有人抓住我的手臂。我勉強回過神，發現不知道什麼時候開始地震了，建築物不安地震動著，發出有點危險的聲音。

轉過頭，看見拽住我的是學長，他語氣很輕地說：「冷靜下來。」

我默默吸了口氣，盡量讓自己鎮定，隨後才發現震源居然來自於我，奇異的氣流在我身邊溢出，像是漣漪圈般擴散出去，每波動一次，四周連帶建築物便跟著震動，好像所有東西不斷發抖。

所有人這時都盯著我看，但不知道是麻痺了還怎樣，我突然對這些視線不是很在意，幾次深呼吸之後，猛地驚覺原本好像可以控制的黑色力量不知道怎麼地聽不懂人話般，繼續震它們自己的，而且還有越來越強的跡象，走廊到小客廳、房間都發出喀喀喀的危險聲響，似乎再大力下去就會整個垮掉。

然而，我心中某一角奇異地覺得，即使垮掉也不干我的事情……

「褚。」學長拍了一下我的腦袋，下手沒有很重，至少不是先前那種頭皮會翻起來的痛，他的聲音變得很明顯，帶了點冷，我原本有點迷迷糊糊的，被這股冷拉回了更多意識，只聽到他繼續說：「冷靜下來，仔細聽清楚我說的話。慢慢地吸一口氣，然後收攏你的力量，你應該不想等等被我按在地上揍一頓吧？」

後面這句話讓我反射性抖了下，戰戰兢兢地看著還眞帶點殺氣的紅眼睛，瞬間有點發毛，感覺他是眞的會把我按著痛毆，連忙用力吸口氣，默默先專注精神，把外溢的力量揪回來。

這過程花了小片刻時間，不過其他人沒有開口催促，直到我完全收回，房子也不再震動。

我摸了摸胸口，感覺心臟很痛，還有點手腳冰冷，想要跪下來，隨便做點什麼發洩情緒也好。

「漾漾……」

我聽見冥玥的聲音，但不是很想回應。

感覺一開口可能會講出很難聽的話，像是——你們爲什麼一點狀況都不跟我說，明明有很多機會可以告訴我，難道我眞的完全靠不住，只能當個毫無知覺的腦殘讓你們所有人圈養保護在柵欄裡面嗎？

因爲我就是那麼弱又笨，整天用心語詛咒自己，所以連知道自己父母親人發生什麼事情的資格都沒有了嗎？

這瞬間，我猛然想起冥玥不是那麼願意讓我進到學校那時的事情，寧願去和大考中心的人吵架翻桌，也要讓我找個平常的學校；還有老媽那個看起來很爛的理由，因爲學費便宜讓我就讀聽都沒聽過、還得住宿的學校。

她們一個想讓我遠離，一個下意識想把我送進去。

我抹了一把臉，想讓自己看起來不那麼幼稚又靠不住，「你們到底想讓我怎樣？一輩子都不知道嗎？我不會一直都是小孩，我……我也會痛的。」

人蠢就得受到這種對待嗎？

我不明白。

冥玥嘆了一口氣，直接張開手抱了我一下。「沒那個意思，我和然只是不想讓你也像我們一樣，被那個殺人凶手影響到現在。如果可以，你和老媽什麼都不知道是最好的，我們想看你們開開心心地過平常生活，不要那麼危險，至少在我們做得到的範圍裡，像正常人一樣生活就好。」

老姊說的話我不是不懂，就算是現在才知道舊事的我，也是立刻浮上了憎恨，恨起那些莫名其妙的重柳族，有瞬間，我甚至覺得如果當年我就知道這個事情，根本不會像然一樣讓其中一個有機會逃走，也不會讓他們死得那麼快，我會想要用更慢的速度折磨他們，直到我媽醒來爲止。

那些什麼種族的恩怨情仇根本不關我們的事情，理智上明白大環境的糾結，但動我身邊親人的仇怨不可能這麼簡單就消除。

陌生人把手伸進來，狠狠在心臟上挖走一塊肉，這還教人怎麼和他們和平共處？

我猛地看向學長，突然說不出話了。

「父母的事情我早就放下了，不過如果你想參考的話。」學長思索了半晌。「我個人看見你的時候還是想把你揍一頓發洩一下。」

所以你還眞的沒事就找理由揍我對吧。

都不知道該哭還是該笑了。

我想，我可能要很多的時間，才能不要那麼恨重柳族，還有恨自己這麼無能。

如果當年我強一點，哪怕早點知道自己的力量，都不會這麼晚才被告知眞相，這對我不公平，對然和冥玥也不公平，憑什麼我逍遙自在，他們要兩個人沒有後援地面對。

我默默地大力深呼吸一下，才有勇氣看向其他人。

「那眞的老媽現在在哪裡？」

第七話　因為時機成熟

很久之後偶然想起這些事情，總會如此驚覺。

人在有家可回與無家可歸時候的心態確實是完全不一樣，如同兩個世界。

當你知道有個家可回，每天都有人開著一盞燈，放學回來時會煮好一桌飯菜，又或是熱騰騰的三餐還沒上桌時，老愛給你幾口點心，或是邊走邊罵等等要吃飯了，零食不要吃那麼多……那時候會覺得整個世界與你爲敵也沒關係，因爲不用去在意「整個世界」，「我自己的世界」會永遠包容我，讓我能安安心心地吃飽睡好，摔倒還可以更堅強。

然而，這世界沒有一處可回時，就會認爲每踏出一步都沒有退路，身後沒有援手，不會有人在乎你，不會有人開著一盞燈，走過去笑罵再亂吃會烙賽……連這世界的色調都會變得灰暗，不知道還能夠把生命安放在何處。

到了那個時候，人就不可能會再回到擁有那份天眞無邪的時刻，所謂眞實沒心機的笑，也早就都成了幼兒時期的稀有寶物罷了。

白陵然帶著我們進入了妖師本家的地底深處。

就和所有探險故事一樣，老房子底下肯定都會出現密道的定律，妖師本家建築物下也有幾條深不見底的道路，在首領打開禁咒後，出現在我們面前。

走在最後的辛西亞確認所有人都跟上後，才輕輕地關閉入口。

密道一點也不黑暗，而且滿寬敞的，三、四個人並肩走都不成問題，看得出來挖的人很用心修建，除了平坦好走以外，連牆壁上都很細緻地描繪了壁畫，仔細一看，不是什麼恐怖的歷史抗爭敘事，有一些還看得出來是童話故事，色調雖然有些偏藍，但不會給人陰冷印象，反而是種藍天碧海的舒適感。

看了幾幅有點歡樂的童話後，我發現自己的狀況好像好了一些，雖然仍覺得暈乎乎、整個人有點痛，但至少可以壓抑好自己，不再讓力量隨便外洩出去。

不知道是有意還無意的設計，這條走道確實帶著點安撫煩躁的魔力。

我開始思考，那個老是跟在我後頭的怪怪重柳。認真來說他救了我很多次，當年他甚至不惜衝撞族人也想要保我一命，某方面而言，我欠他的幾乎很難算清楚，可能有一天他遇到什麼事情，我都必須豁出去幫他才能還上一點。但是，當我想要和他的族人算血帳時，他還會伸出援手嗎？

——沒錯，總有一天我會找到那些幕後指使的重柳族，把這筆帳清一清。

明白歷史說不清的恩怨爛帳是一回事，他們不分青紅皀白闖進來濫殺是另外一回事，這口氣無論如何我嚥不下去。

隱隱地，心中好像有什麼破碎掉了，但是我選擇忽略它。

我只是覺得，有些人必須要爲某些事情負責，不然那個恨意很難平息下來。

「褚。」學長回頭看了我一眼，「別成爲他們希望的那種人。」

「……」

最後我還是沒有回應學長的這句話，我只是低下頭走自己的路，不知該對他做什麼反應。

其實學長也是受害者，當年三王子一家的事甚至比我們還慘，所以我更不知道該怎麼回他那句話了。

我也不想成爲那種人，但是我不想放過那些人。

唉。

做人眞難。

就在糾結之中，目的地到達了。

領頭的然停下腳步，不知何時牆上的壁畫早就都沒了，只有掛著燈盞的雪白牆壁，不曉得是本來就打算用白色，還是設計的人沒畫完，打算有空再過來補完。

雪白牆面的盡頭中央是一扇雕花的門，看起來像是水晶一樣晶瑩的材質，但又不透光、也看不見後頭的事物，門上方的主要位置有個家族圖騰懸在那裡，沉默無聲。

門在妖師首領輕推之下發出無數解咒聲響，接著喀的聲緩緩打開。

密道房間其實很大，非常大，搞不好都快近百坪了，四周全都是同樣的藍色調壁畫，遠遠看好像是在海裡面，散發一種懶洋洋的氣氛。與其不符的，是整個房間裡什麼都沒有，除了正中央有一具非常大的水晶棺。

我在冥玥示意下，小心翼翼地靠到透明的長方形旁邊，看清楚裡面是什麼後，剛剛的眼淚差點又掉下來。

和我家裡一模一樣的老媽躺在這裡頭，安安靜靜地閉著眼睛，臉上沒有血色，呈現屍體的灰敗慘白，簡直像她才是個人偶。

「很多重柳族爲了能有效擊殺目標，武器上都會附著針對獵物的死咒，這也是爲什麼她非得置我母親於死地，而沒有斷絕你們母親最後一口氣的原因，她相信咒文會解決沒有力量的普通人，不須浪費太多時間。」

然揮了下手，透明頂蓋散去。我連忙伸手握住老媽的手腕，雖然冰冷，但還是活的，一口氣就這樣讓我鬆了出來，我有點小心地在老媽冰塊一樣的臉上摸了摸，同時感覺到她身上好像嵌著什麼說不出來的力量，正在緩緩地啃食她薄弱的呼吸。

「我和然這幾年一直在破解這個死咒，後來進七陵學院也尋求各種管道協助，但這好像混了當時那女人的生命咒語，不管怎樣都拔除不了。」冥玥恨恨地低罵了句。「爲了這件事還進公會賣身當紫袍，結果醫療班也說沒看到本人無法根治……我們怎麼敢把老媽曝光出去？」

學長和夏碎學長互看了眼，可能是知道都已經拜託過醫療班了，以他們這些非藍色的袍級而言，估計更沒辦法處理。

只是……

「你們要讓他試試看嗎？」我握著老媽的手腕，閉了閉眼睛，明明上一秒還在怨恨他的族人，但是下一秒我也只能想到他了。

「那個……重柳族。」

❀

重柳答應得比我想像中還要快。

辛西亞得到然的允許後，去將人帶下來到這間密室，前後花不到五分鐘。也就是說，可能辛西亞其實都還沒說清楚，對方就點頭同意幫忙，接著就這麼一身傷地被辛西亞攙扶下來。

謝了精靈的扶助，重柳看了看我和冥玥，默默地靠到水晶棺邊上，對著躺在裡面沉睡的婦人檢視了好一段時間，他看了多久我就有多怕他最後抬頭還是來一句「沒救」，就覺得他可以一直這樣看下去，晚一點再宣布惡耗也好。

沒聽見我的心聲，認眞負責的重柳還是抬起頭，想了想，開口：「能解。」

我愣了一下，突然有種是不是聽錯的感覺。

重柳本來就有點無視我了，現在乾脆也不理我，轉向學長他們那邊。「只是死咒混了重柳族特有的禁咒，外面的人解不開是正常的，對我們來說是能夠解。」

「你願意嗎？」白陵然有點小心地看著眼前的時間種族，連我都看得出來他和冥玥有點戒備，畢竟雙方壓根不熟，可能也不太相信重柳族會這麼和善，就算他以前曾經救過我。

「……？」重柳似乎對然的這個問句有點困惑，他想了想，還是開口尋求答案：「能救的爲什麼不願意？」

「……」然沉默了下，可能也不知道要怎麼回答他，最後只說：「拜託你了。」

重柳點點頭，沒表示其他的問題，逕自走回水晶棺邊上，我有點期待地看著對方將手掌放到老媽受傷的胸口上方。

幾顆微弱的銀藍色光點慢慢從他掌心下飄出，下雪似地輕飄飄搖晃到我媽身上，然後沁入那身被換過的乾淨衣服下方。

我可以感覺盤據在老媽身上的某種東西好像開始鬆動，人偶般的身體裡出現不同力量交互傳出的波動，更多的小小光點落到老媽的衣服上，最後她整個人像是被那些光點給「吞」進去，一層蛋殼薄膜般的微光將她溫柔地包覆。

「需要一些時間，『殺咒』已經纏附太久，要仔細清理。」重柳輕咳了幾聲，抬起頭，不知道是不是覺得旁邊一群家屬在等待給他有點壓力還怎樣，他解釋的話比平常多了點。「不會立刻就好……嗯……？」

那瞬間，重柳停下了解釋，漂亮的眼睛瞇起，猛然抹上一層冰冷的殺意。

我還來不及反應出氣氛陡然險惡的變化，站在我旁邊的學長用力推開我，自己也往反方向跳開，同時甩出了冰凝的長槍。

黑色毒素如刀刃劈在地面的同時，不知哪來的黑術士被一槍貫穿，直接射進藍天白雲的溫馨壁畫上。

然眨眼間封閉了水晶棺，幾百道符文鋼甲般焊上，巍然不動地彈開刁鑽方位射來的黑色暗箭。

冥玥甩出十字弓，直接往那死角發了兩箭，一名黑術士從根本沒有東西的角落摔了出來，但是沒死，遭射穿的腦袋和喉嚨裡發出呼嚕嚕的怪異聲音，居然就這樣站起來，咧開腥紅色的笑容，張開充滿毒素黑霧的嘴。

黑術士怎麼進來的？

這問題根本沒人問，短短幾秒中，整個房間裡全是黑術士，看起來是來打頭戰的低等先鋒兵，數量非常多，還帶著各式各樣雜七雜八陰險又邪惡的陣法符文，幾百個展開來。

「時空切割。」重柳張開手，抓住他的白色長刀，刀柄往地上一敲，震出低沉的鈴鐺聲響，波濤洶湧地往外翻出，極大的白色法陣瞬間覆蓋整座地下密室，第一時間驅散朝我們席捲而來的百道毒陣，強悍震碎那些既小又邪惡的陰森咒語。

「百塵家！」冥玥罵了一句。「哪裡鑽進來的！」

白陵然大概也在想這問題，臉色相當難看，甚至出現了嗜血的恐怖眼神。「他應該就是在等我們離開妖靈界，所以才假裝撤退。」

「你們別出手。」辛西亞皺起眉，拉住然的手臂，「這是陷阱，他們要逼你們在白色世界出手。」

「我知道。」然拍拍精靈的手背。

妖師首領臉上一冷，身上的力量氣息整個翻轉，轉出了讓我有點嚇到的「白色力量」。冰涼的霜雪在高聳的天花板上凝結成尖錐，下一秒大雨般掉下，挾帶尖銳的術法，硬生生插穿許多低階術士。

我才恍然大悟，這是然從他母親身上繼承來的，雖然平常都被妖師力量掩蓋。說起來，我還真沒看過然動武的樣子，他平常似乎就是術師身分，只站在同個地方就可以把人弄死和嚇跑，幾乎沒什麼見過動起手腳特別凶暴的形象。

學長和夏碎學長兩人各自出招，我也取出米納斯加上那個魔龍奇怪的自主增幅器掃蕩了一輪，終於把近乎八成的低階黑術士凍在原地——這些東西很難死絕，打個碎爛還會再生，被然詛咒的雖然都化成血水了，可是他們好像不會怕一樣又前仆後繼衝出來；我們沒有狼王和大王子那種實力，最終滿室內全都是冰雕，每個上面都有重柳蓋出的封印，就這樣解決了第一輪。

我有種不祥的預感，百塵鎖擺明是拿車輪戰先來消耗一下我們的戰力。

從回來到現在，我們幾乎沒怎麼闔眼，只療傷短暫休息片刻，根本不到健康的標準狀態，甚至幾乎一半的人都是傷兵，包括學長他們。

術法車輪戰的消耗不是肉體武力車輪戰可以比得上的，這麼一波，我都可以感覺全身有點脫力，隱隱在發抖了。

……

……去你媽的百塵鎖，一定不得好死。

「滾出來，百塵鎖。」

應該也是在祝對方不得好死，白陵然語氣特別陰沉。

高空中，幾個黑色輪廓慢慢顯形，果然又是那些陰魂不散的黑術師，特別喜歡在上方俯瞰別人，就連那張鐵面具看起來都格外惹人嫌。

「白陵然，你是想帶著族人一起死呢，還是把你旁邊那個少年交給我們。」黑術師絲毫沒有早先被詛咒的樣子。應該說，他看起來好像很好，沒發生過什麼事情。

然的妖師詛咒對他沒用？

我的眼皮跳了兩下，覺得不太對勁。

好像知道我在想什麼，鐵面具突然偏過頭，視線直接與我對上，血腥味突然從我身邊翻滾湧出，我反射性往後跳開，這才發現其實什麼都沒有。

「白陵然，你可以多殺我幾次，我們早就不需要那些脆弱肉體，就算被你詛咒成泥，裂川王還是會給我們新生命。」鐵面具發出了嘲諷的笑聲，咯咯咯咯的，迴盪在密室高空中，好像是即將開戰的狼煙。「再給你們選擇一次，褚冥漾是要自己乖乖地出來，或是讓我們踩著你們這些人的屍體過去帶他走。」

「你到底——」

這輩子我可能都沒這麼有勇氣過，我迎著黑術師的目光，用力吼出來：「是多不想放過我！我做錯什麼！你們早不來晚不來，爲什麼現在才要出現！」

「因爲時機成熟啊，褚冥漾，先前的你壓根沒用處，廢物一個。」黑術師的話像最利的刀鋒割破壓抑的空氣，清清楚楚傳到我耳裡：「現在的『你』，才是眞正的『妖師』，身心完全屬於黑暗的孩子。」

「什麼……」

我反射性開口的話還沒說完，頭皮突然炸了起來。

一股巨大力量毫無預警在我們上方冒出，似乎已經在其他地方醞釀很久，這一刻被空間切割轉換過來，像顆衝擊過大的隕石筆直往老媽所在的水晶棺砸下去。

有那麼幾秒，我沒有任何記憶與感覺，完全空白一片。

「弱雞，你太傻了。」

魔龍的聲音淡淡飄了出來，有點像是爲我嘆了一口氣。

恍惚間，米納斯和老頭公好像擋在我面前，我完全理解不了他們是在做什麼，我只知道有無數東西從我身上衝出來，完全關不住，我也沒有想攔住任何事物的想法。

我覺得，這些人太過分了，到底爲什麼要這樣對待我們？

最後讓我回過神的原因是有一大灘水突然潑到我臉上，有點奇怪的溫度，但是又很涼，帶著一點熟悉的力量感，冷冰冰的，卻又很溫柔。

所有畫面全都清晰起來。

我看見重柳擋在我身前，張開雙手，畫面幾乎和當年擋在雪妖精前方的人偶重疊，白色的血從他身上炸出來，噴濺到我臉上。重柳身上的圖騰從來沒有如現在這麼血紅過，都像快要穿透他的皮膚燃燒起來，刺眼得可怕。

然後他倒退兩步，背後撞了我一下，順勢無力地在地上跪了下來，我反射性伸手要扶他，卻被他用力往後推開。

在我面前的，是三名高大的重柳族。

失去意識到底多少時間我完全沒感覺，但原先的密室空間已整個消失了，我們所有人出現在一片很大的白色沙灣上，海浪轟隆撞上沙灘，又急速後退。

黑術士群已經被打散了，打散他們的是不知道哪裡來、數量異常多的白色種族，裡面有幾十名帶著蜘蛛、全身包得死緊的人，惡狠狠地瞪向我們這邊。

白陵然被夏碎學長死按在身後，冥玥被辛西亞緊抓著不放，我一個踉蹌，旁邊有很大的力量把我向後扯，我才看見學長往我腦袋一壓，硬是把我拉到他身後，他腳邊還橫著兩個被硬揍到可能失去意識的重柳族，連籃球大小的蜘蛛都翻肚躺在一旁。

他們所有人身上都帶著嚴重傷勢，被大批白色種族圍攻的結果。

「受死吧，妖師一族。」

站在中間最高大的男人發出低沉的聲音，舉起了幾乎有學長半個人長寬的奇異大刀，眼也不眨地劈下來。

學長應該是想硬接那刀，將幻武兵器橫舉起來，整個人渾身緊繃，但沒有退開。

接著重柳族被撞開了。

一直跟著我的重柳掙扎著從地上爬起，撞開他的同族之後又跌回地上，夏碎學長給他換的衣服上有一條猙獰又恐怖的砍傷，大量白色血液下幾乎可以看見骨骼與內臟。他這次沒試圖跟他的族人說道理了，抬起發抖的手，三個完全相同的銀色法陣出現在我們三組、六個人腳下。

「活下去。」

重柳還是沒什麼感情，語氣很淡，一點也不在意他三個同族把刀由後往他身上插下去，像是對叛徒執行殘忍的處決。

空間術法幾乎眨眼瞬間完成，帶著滔天殺意前來的白色種族們就要在我們面前消失的那一剎那，我突然有心情笑了出來，順手把完全沒有戒備我的學長推開，一步踏出這個用血換來的生路。

被送走的五個人都是高手，但是他們沒來得及抓住我，我想這大概是我這輩子做得比較成功的一件事情了。

黑色的力量在我身邊轉出幾個小漩渦，撞開撲過來的路人甲乙丙。

我看著趴在地上、曾經強得像神一樣的重柳，他的身體底下全都是自己的白色鮮血，像一塊大地毯，本來很漂亮的眼神完全渙散，臉上依然是那麼淡然的表情，好像瀕死對他來說與平常喝個茶水一樣沒什麼影響。

突然，我想起了不過才剛剛發生的事情，這連名字都不知道的白色種族愣了好幾秒，不明白妖師首領的詢問，疑惑地回了他一句：「能救的爲什麼不願意？」

沒有任何惡意，眞的就是不解。

抹了臉，擦掉眼淚，我蹲下身把他揹起來。

失血太多，人反而變輕了。

直起腰時，黑色的小漩渦外已聚集了一大圈人，更外圍還可以看見黑術師那張鐵面具，高高在上，神一樣俯瞰著人間。

黑色力量在我身邊聚集得越來越多，那些漩渦也變得更大，如同猛獸發出危險嘶吼。我聽見了黑暗的低語，無數細語在對我招手，等著我過去喚醒它們，將它們帶到這個世界，重新燃起屠戮大地的黑火。

「米納斯、希克斯，我們離開這裡。」

輕輕地，我下指令給兩個幻武兵器。

黑紅色的陣法從我腳底轉出來，我深深看著這些人，能辨認的、不能辨認的無數張臉。

米納斯的水花在我身邊波動了下，我看見她帶來一團東西，是我背後重柳的命蛛，已經被砍碎了，肢解成十幾塊，肚破腸流，愛看電視的那玩意徹底變成一堆死肉，不會再啃洋芋片和隨便洗人腦了。

我笑了起來，感覺到恐怖力量順著我低低的笑聲從天空壓迫了下來。

「我太弱了，贏不了你們。」

環顧著四面八方的「正義」，我只覺得很可笑。我是真的打不過他們，超慘的，隨便一個人都可以把我按在地上踩幾腳。

「你們等著……」

等好了。

每個人都等好。

「總有一天，我會回來找你們。」

第八話　不能復仇

魔龍和米納斯帶我到了什麼地方，我不知道，也沒心情去了解。

黑紅色的瞬移法陣散去後，我們一行人停在一座巨大的破敗神廟當中，看不出來是什麼種族的，相當安靜。曾經輝煌的巨大石柱歪七扭八、或折斷或傾圮得四處都是，上頭爬滿了綠苔青藤，圖紋被覆蓋，仔細聽還可以聽見細細的水聲，充滿詭祕飄鬼的氣氛。

我以前最怕這種沒人的地方，現在反而覺得無所謂，人和鬼都一樣，狠起來都面目可憎。

「幫我一下。」讓米納斯先控制住重柳傷口的血流，我小心翼翼把他從背後攙扶下來，自己跑出來的魔龍嘖了聲，倒是過來把人輕鬆橫抱起來。我左右張望了下，「先進去裡面，老頭公蓋結界，不要讓任何人進來。」

一架增幅用的小飛碟從我手上轉出去，跟著老頭公巨大的身影固守原地，黑色結界立即大張開來，迅速覆蓋整座荒廢神廟。

我們四人匆匆進到神廟內，發現大堂已連屋頂都垮下來了，巨石紛亂堆積得連個可以走的地方都沒有，要側身才能勉強擠過去。魔龍走了兩步顯得一臉煩躁，吼了聲把那些巨石踹到兩邊去，直接清了條大馬路出來。

被砸成兩半的女神像無言地看著我們繞過祂的頭顱，毫無敬意地鑽到大堂後方。

後頭的破壞比較沒有那麼嚴重，屋頂破開了一半且被大樹盤繞，有些地方因為長年積水，侵蝕出了路徑，在地板崩壞凹陷處自成一處活水的小水潭，不知道哪引來的山泉水從外面蜿蜒而入，在水潭匯聚後，又順著另一條小路曲折而出，周圍石頭長滿了青綠蘚苔植物，水裡還有銀色的小魚，簡直自成了一個完整的生態系統。

陽光透過屋頂破洞與大樹枝葉間隙細碎灑下，赫然有種這是被世界遺忘的瑰麗美景之感，非常安寧，感受不到邪惡與黑暗。

我在靠近樹和水的附近清了塊乾淨的地方出來，讓米納斯洗了兩、三遍之後，才盯著魔龍輕手輕腳地把重柳放下。

米納斯非常仔細控制他身上剩餘的血液，以最少數量繼續運作到身體各處，維持最低限度機能，這還是以前和雅多他們學來的，沒想到這時會應用上。

重柳的呼吸幾乎快沒有了，心臟跳動起伏很小，身上一大堆傷口外，還有三道他同族留下的致命傷，簡直快把他整個人肢解了。

「怎麼辦？」魔龍嘖嘖了幾聲，「別巴望我，殺人行，妖魔不包治人。」

「他的傷太嚴重，我們恐怕無法獨自處理。」米納斯有些嘆息。「很抱歉，我無法留住，他身上的禁咒太奇怪了，我的治療術法沒有任何效果。」

她所能做到的，只有儘可能控制那些血液運作，維持身體機能。

我摸了摸重柳的額頭，很涼，應該說他整個身體都涼透了，玉做的假人般躺在那邊，不知道什麼時候失去意識的，一點反應都沒有，連要叫他想辦法自救都難。

「不想他死的話，把他做成鬼族不就行了，我記得你們有辦法可以壓抑扭曲影響吧。」魔龍用一種很醜的姿勢蹲在旁邊，隨手拔了一撮草就丟進嘴裡嚼了起來。「忘月家的孩子不是都有一手嗎，你們以前常會把很多快死的人這樣救起來。」

「我沒有那一手。還有我是不會把他變成鬼族的，他本人也會寧願就這樣死，不妥協成爲黑暗生物。」先不管魔龍說的是誰，重柳肯定死都不願意當鬼族，我也不敢想像把他弄成鬼族之後他會怎樣。

「你有認識的人可以救命嗎？」

說著，妖魔就把嘴裡那坨爛草泥又吐出來，啪嗒一下按在重柳手邊的傷口上。「啊，也不行，你自己暴露妖師身分，還動用黑色力量，現在找誰誰倒楣，搞不好還會害人全族被大屠殺。」

「你在幹什麼。」我皺起眉，看見黑氣從我身邊幽幽飄出，心情又變差了。

「這是藥啊，你們妖師不是很懂草藥嗎，這都不懂？」妖魔挑起眉，指指旁邊一團一團綠油油的植物，很小，大概手指長的草葉，葉片呈心形，每株都有四葉。「這樣子的都是傷藥，調合之後好像很多妖精喜歡用，你們在那邊發呆不如死馬當活馬醫，敷一敷也沒損失。」

他講的也沒錯，我們現在幾乎等同束手無策，能做到的也只有趕快把這些草葉就地搗成泥，在一片清香中把能見的傷口都敷上厚厚一層。我隨身帶的藥物不多，都是出門時喵喵塞給我的醫療班傷藥，也全都混在裡面用上去了，不過對那些很大的致命傷口真的沒轍，後來米納斯抽了幾根很細的草莖當線勉強縫了起來，然後再把乾淨的衣服撕開包紮。

我和兩把幻武兵器就像超不會做作業的國小生，眼巴巴地蹲在被我們綁成花花綠綠木乃伊的重柳身邊，突然有點悲從中來的感覺。

這輩子是要多倒楣才會落到這種連人都不能找的地步？

不過重柳比我更倒楣，我到現在也想不透他到底爲什麼要跟著淪落到這種境界，他就不要搭理我們，好好藏起來就沒事了啊。

看著安靜昏迷的青年，都不知道他還有沒有機會醒過來，我揉了下發疼的眼睛，很無奈地靠著旁邊一塊斷裂的石柱殘骸坐下，同時感到前途渺茫，一種完全不知道該往哪裡去的無措。

就在這小段時間裡，魔龍四處蹓躂，摘了一些野果，又徒手戳了幾條魚上來，野外求生經驗很豐富地把魚給處理乾淨，還自己在邊上生火堆，吹著口哨烤起魚來，不知道的人還以爲他才是人類，不是妖魔或幻武兵器。

米納斯抓著空檔，幫我補完了失去意識那段時間的事情。

時間沒有我想像的久，也就是短短幾分鐘。老媽被襲擊當下，原本應該棲伏在我身體裡面、屬於凡斯的那份力量整個炸出來，直接把隕石掃了不說，還按趴了不少低等黑術士，也在同時，估計白色世界某種警鈴被敲響，瞬間大批力量試圖往應該被隱藏著的妖師本家襲來，大宅幾乎要暴露了。

也不曉得是出於什麼做死的心態，這重柳硬是插手，當場把除了老媽的水晶棺以外的活物全都切割轉移，就是我後來清醒時所看見的白沙灘，一到地點直接被白色種族對個正著，三方人馬直接打起來。

接著就是我遇到的那些事情了。

聽完米納斯的簡述，我越發覺得重柳很冤枉，他當時被同族處決，大概就是因爲把我們送出妖師本家，讓他族人找不到巢穴被憤而遷怒的。

「你啊，我這樣到底要怎麼還人情？」

都還不完了，不管是學長還是其他人，怎麼還都不曉得。

我伸出手，往重柳腦袋戳了下，他的頭歪到一邊，白色的頭髮蓋掉一半的臉。那些血色圖騰色彩褪盡，又變回一開始若隱若現那種淡銀色，而且簡化許多，貌似有部分消失了。

正有點發怔時，旁邊突然塞來了熱的東西，還飄散著熱騰騰的食物香氣。

「吃吧。」魔龍把烤得金黃酥脆的魚連著樹枝塞到我手上。「你們這種脆弱的人形身體很麻煩，要先吃飽再好好睡一覺，不然問題會很多，尤其你現在驅使雙兵器，就算有先天妖師力量墊著，消耗還是很大。你管他白色種族啥時候殺來，能吃能睡就趕快，別到時候扯後腿，我跟你簽血誓不是玩一日旅遊的，你要負責好好活下去。」

我看著妖魔出品的正常烤魚，用力咬了一口，什麼味道都吃不出來，卻又好像吃了百種說不出來的滋味，然後繼續用力咬第二口、第三口……

該怎麼走不知道，重柳能不能活也不知道，就如魔龍所說，現在我要吃飽活下去，只要活著，總有一天還是可以找那些人復仇的。

所以要活著。

※

接下來兩、三天我們都藏在這個無名的神廟裡。

也不能說無名，我迷迷糊糊睡了一天起來之後，已經裡裡外外摸透的米納斯告訴我這是伏水一族的祭祀神廟，看樣子已經好幾千年沒人使用了。因爲是自然倒塌，沒有找到人爲或戰火破壞的痕跡，所以推算是伏水一族遷移留下的遺跡。

伏水一族我有點印象，聽說也是個早就滅亡的古代種族，便沒再多想，倒是米納斯和希克斯兩幻武兵器興致勃勃地研究起整個遺跡，說是上面有些歷史記錄，等他們看出個所以然再來告訴我。

爲什麼會來到這地方，負責畫傳送陣的魔龍說他不知道，幫忙轉移的米納斯也說陣法不是她做的所以不清楚，我們就這樣莫名其妙又因緣際會地有了這塊暫時沒任何人找過來的安全地方藏身。

然後他們就這樣嗑著我暫時收不回來的外散力量，自由地在外面遊蕩，不是在研究神廟，就是整理周圍環境，兩、三天下來居然還被整理出一塊眞能暫時住人的乾淨小營地，邊上堆了一些魔龍拔回來的草藥，按時給重柳更換。

也不知道是哪種藥物生效，重柳的情況好像真的好一點點，呼吸變得比一開始順暢許多，不再是隨時要斷不斷的恐怖狀態，也讓我繃緊了幾天的神經放鬆不少。

相較於他，那隻命蛛就真的沒救了，整團肉塊不可能縫回去復活，米納斯就找了個風水寶地把命蛛埋了，還很人性化地在上面插三枝細樹枝代表三炷香，讓過去看的我有點啼笑皆非。

我可以感覺到我的兩個幻武兵器想要把氣氛弄好一點，讓我可以振作起來，趕快穩定情緒收掉一直外溢的力量，所以這兩天我也盡量不去想當時的畫面，改想學校那邊的事情，回不去的話可能會這樣被退學吧……想著想著又覺得很委屈，明明不是我的問題，卻連個學校都不能好好讀，未成年無家可歸還要因爲曠課太多被退學，眞的很悲催。

別人家書上的冒險主角怎都是風風光光，哪裡有掛就往哪裡開，開得天花亂墜後宮一堆，財源滾滾千秋萬代。輪到我這邊眞的想冒險了，後路被斷光，說掛沒掛、說後宮沒後宮，想養個什麼寵物當吉祥物都沒有。

來個可愛的寵物也好啊！會發聖光那種！

「噗啣。」

因爲冬眠被我完全遺忘的粉紅壁虎不知道從哪裡爬出來，跳到我邊上的斷石塊和我四目相對，感覺牠好像比先前大了一圈，顏色也艷麗許多，小腦袋一扭，直接咬下一小塊石片，嘎拉嘎拉地嚼了起來，末了還給了聲：「噗唧。」

……感覺更哀傷了。

這東西當吉祥物一點都不可愛。

就在我因爲想要轉換心情隨便亂想，又開始把自己搞得情緒更低落時，旁邊突然傳來很輕很輕的咳嗽聲，極爲虛弱，有瞬間還以爲是聽錯。

我整個人彈了起來，三步併兩步地衝回最乾淨的那塊地方。

米納斯整理過後，魔龍又去找了很多柔軟的乾草，上面再鋪上好幾層我塞在小空間帶著旅行的衣物，也有住在冰牙族時精靈們給我的幾件外衣，都墊在上面作爲簡易的小床安置重柳，就怕一不小心把他弄碎了。

以最快速度衝回小床邊，蹲下的同時，重柳又輕咳了聲，這次很清楚，是眞的有動靜和聲音。我情緒一變化，米納斯和魔龍幾乎瞬間回到我身邊，也有點訝異地看著感覺本來要死透的時間種族。

白色血液從他嘴角邊拉出一條細絲，他又嗆咳了好幾聲，米納斯輕柔地幫他擦乾淨又餵了幾滴水之後，那雙淡色眼睛竟然眞的緩慢又吃力地睜開了一點點。

一開始，重柳整個人很茫然，好像不在狀況裡，呈現一種空白、只剩本能的狀態。幸好不是每個人的本能都和學長一樣凶暴，還沒醒就可以徒手掐人，他只是咳嗽，喝了一些水，動作很輕地掙扎幾下，因爲太衰弱了，都幾乎沒感覺到他的掙扎。

我們耐心地等著，過了一小段時間，那雙漂亮的眼睛才重新聚焦，慢慢出現我熟悉的那種生命光采。

他咳了幾聲，眼睛抹上一點疑惑：「……爲……什麼……？」

莫名其妙地我突然聽懂了他的問句，他在問我爲什麼會在這裡，還有爲什麼他活著。照理來說，我應該要被送走，然後被學長他們想辦法保護起來，而他本人被當作叛徒宰掉。

爲什麼我會在這裡？

我沒好氣地笑了，「先想辦法管好自己吧，我們都不會治時間種族，你該不會是迴光返照吧？」

話一說出來我才驚覺——靠！還眞的有可能是迴光返照！

瞬間我整個人又快不好了。

我有種如果他眞的死在我面前，我一定會再爆發一次，然後受不了回去找重柳族幹上一架，新仇舊恨加在一起瘋出去。

重柳沒理我，很吃力地想要抬起手，不過沒力氣，才移動一點點他就又咳了起來，那些傷口也開始出血。

米納斯連忙把血重新輸回去，然後替他拉開了一小部分藥草，讓他可以看看是什麼東西。

重柳瞇著眼睛，無力地看了一會兒，點點頭，聲音很透明，都快薄得像紙片一樣。「……伏水……天女……草……能用……」

接著他又昏死過去。

「噗唧。」

粉紅壁虎跳到重柳臉上，舔了舔他的臉頰，然後用小肚子貼在他的鼻梁上，試圖給冷冰冰的青年一點來自於爬蟲類的溫暖。

我低下頭，按著額頭，笑了出聲。

至少，鬆了口氣。

※

重柳第二次醒來是七天之後的事情。

我一直懷疑本來應該不用這麼久的，因爲這中間發生了件事——智障魔龍覺得人形生物都是要吃要喝要睡要拉才可以活蹦亂跳，重柳之所以恢復那麼慢就是因爲沒有大魚大肉好好進補，就趁著我闔眼休息時跑出去打獵，不知道哪裡弄來的小幻獸，長得雪白雪白、像小狗一樣但是有獨角的東西，被他割了碗血出來，然後拿去灌昏迷中的重柳。

結果沒喝還好，一喝重柳直接整個大吐血，差點回去見祖先，幸好米納斯及時趕到，花了很多時間把幻獸的血分離出來，才讓重柳重新穩定。

「你知道有些生物是吃素的嗎。」這騷動把我嚇得黑暗力量又噴出來不少，我很嚴肅地跟魔龍講道理。「例如精靈。」雖然我不知道時間種族吃什麼，但是他們給我的第一印象其實也是吃葉子，特別是我旁邊這個。

「你知道精靈就是因爲這樣才長不壯，全體小身板、娘娘腔，講話聲音又小，好像隨時會斷氣。」妖魔口無遮攔地抹黑全世界的精靈，義正詞嚴地回答我：「我們就是天天吃肉，才長得有精靈的兩、三倍起跳那麼大，你沒看過我的本體，又大又威風，炎狼在我面前小得跟狗一樣，這才是強者該有的樣子。」

「……我也吃肉。」我很無言地看著妖魔。

「那你就是先天突變，身體長不大的娘娘腔小矮子。」

……

……

現在把血誓解除來得及嗎？

不過經過對話，我發現魔龍某方面真的很不像妖魔，反而有點像……人？

他的一些舉動和常識看起來都和人類很像，特別是會弄藥草和找食物這部分，雖說很粗暴，但明顯看得出來生前可能和某些人形種族相處過。

「總之就是他不喝血吧，嘖。」魔龍露出好心被狗咬的表情，「蜜呢？奶呢？樹汁呢？還是吃土？吃石頭？」

有幾樣東西我可以理解，但奶是什麼選項？要說可以喝的話你是想去擠什麼生物的奶回來？

我看了眼那隻黑雲罩頂的倒楣幻獸，牠被放了一堆血之後，整隻瑟瑟發抖，好像快窒息一樣，米納斯把牠抓了丟出去放生，幻獸嗷嗚一聲連爬帶滾地逃得不見蹤影。

話說回來，我真不知道重柳吃什麼，但是他的命蛛會吃零食，他應該也能吃正常食物才對，就是分量、種類不好猜。

接著我突然靈光一閃，「那個天女草可以內服的嗎？」既然他都說這個草可以用，搞不好能夠吃呢？

「可以啊，饑荒時候一堆人類都會拔去吃，加水把汁煮出來就可以了，聽說味道不錯。」魔龍給了一個比較有建設性的回答。之後還教我們怎麼煮天女草，其實做法很簡單，把嫩葉摘下來，像是煮茶水一樣把容器塞滿，注入水，放到火上煮到小滾，飄出一種薄荷一樣的清爽香氣就可以飲用了。

我試毒先喝了口，味道還眞的很不錯，有點甜甜的，類似比較淡的精靈飲料，又有薄荷的香氣，一杯喝完精神都舒爽起來。

所以接下來幾天，魔龍又開始按時給重柳餵青草汁，勤勞到我都快有錯覺這妖魔是不是在養什麼儲備糧食，肥了打算吃掉。

總之，第七天的傍晚，重柳終於再次清醒。

這時，離我們從妖師本家逃出來、藏躲在這裡的那天，已經將近十日，與外界完全斷聯，我們不出去，也沒有人找過來，整座神廟就像與世隔絕的祕密基地，除了我們以外沒有別人。

重柳睜開眼睛時，比上一次精神好了不少，雖然全身仍是軟趴趴、傷口一處也沒癒合，不過說話清楚了點。

「你的手……」他掙扎了幾下，旁邊的米納斯意會到他的動作，幫忙握住他的右手稍微抬起，青年手背上的淡銀色紋路閃過絲縷的光，「放上來。」

我趕緊把手掌搭上去。

然後，一股薄弱的力量傳遞過來，我嚇了一大跳，反射性想抽手，側邊的魔龍一把按住，還翻了我一個白眼，讓我很想往他眼睛戳下去。

重柳的術法很小，小金魚一樣游進我的身體裡，隨時都有力氣不足虛弱致死的可能，然後一點涼涼的感覺在我胸口處打轉起來，慢慢地推動那些失控的黑色，努力聚攏著外溢得到處都是的力量。

我怕他身體沒好、還這麼拚命想要控制這些外散力量會出事情，趕緊凝神配合起重柳的術法，專心外加呼喚地收整滿神廟亂跑的黑色力量。直到最後一分力量回收完畢，我睜開眼睛，發現已經深夜了，魔龍的魚都烤出了一排掛在一邊保溫，而米納斯輕輕地把重柳蒼白的手收回充當被子的長袍底下。

重柳一頭冷汗，傷口滲血後又被回輸，眼神逐漸有些渙散，不過還是努力開口：「嗯……

控制……就這樣……學著……」

「你安心休息吧。」我嘆了口氣，接過擰乾的布塊幫他擦乾淨臉。「在你好起來之前，我保證不會出去做惡，我就待在這裡，哪裡也不去。」

淡色的眼睛看了我一眼，然後閉上，氣息逐漸平穩下來。

「弱雞。」

魔龍遠遠喊了我，火光打在他臉上，呈現一半光明、一半陷入黑暗的線條輪廓，讓他看起來有點神鬼莫測的，他對著我勾勾手指。「過來說話。」

我走到火堆旁邊坐下，接過烤魚，還是一樣烤得香氣四溢，這妖魔摸清楚周圍環境後，連可用香料都跟著多了起來，相同的魚每天都可以烤出新花樣，慢慢地我也開始吃出頭幾天都快被我遺忘的美味，後知後覺地發現這妖魔見鬼地還有著很不對勁的好廚藝。

「你剛自己有發現了吧。」魔龍瞇起眼睛，壓低聲音，「你朋友帶不走了。」

——我有發現。

十天的休養，重柳的傷口雖然有米納斯控制出血，也有藥草治療，但是連最小的擦傷都沒好，每天換藥時，看見的全都是血淋淋的肌肉骨骼，被重創的內臟肺腑肉眼可見。當初他三個同族中間那個男的，一刀插穿他的胸口，心臟都被削開，我們在給他上藥時發現他心臟上有個不明的小法陣在轉動，奇異地包裹著早該失去功能的臟器，讓它能繼續跳動，運轉生命，然而也不知道能持續多久。

本來我還存著僥倖，想說這十天哪怕是癒合一點點也行，說不定可以讓他好起來。

可是剛才重柳拚著一口氣幫我收攏黑色氣息時我才發現，他其實已經沒有什麼力量了，那一點點術法在完成後也像是泡沫般，啵的聲直接消散，根本沒回到他的身體裡。

他全身被掏空，只剩下半條命在苟延殘喘。

這是最讓人不想承認的結果。

無論我在心中用妖師的力量，多專注努力地去希望他不會有事，絕對長命百歲，我還是可以感覺到他真的就是迴光返照，就連身上那些種族禁咒都漸漸從他身上剝落，表示了這個被控制的軀體已經越來越不須要束縛，很快就可以全面廢棄。

我把有點苦鹹的魚肉嚥下去，笑了下。

「我說了，在他好起來之前哪裡也不去……他還活著，就先躲在這裡吧，反正也沒人來。」

如果他好不起來……

戳著魚的樹枝在我手中碎成粉屑，半條魚直接掉下，被魔龍一把抓住。

我就去找那些重柳族償命。

※

結束的時間其實相當快。

第二天深夜，我坐在水邊盯著魔龍不知道哪裡抓回來扔進去當儲備糧食的小銀魚發呆時，突然聽見後方傳來聲音，前一天還爬不起來的重柳掙扎著支撐起身體，米納斯立即出現扶了他一把。

重柳這時候身上所有圖騰已經沒了，被米納斯扶著半坐起來時，整個人乾淨得幾乎透明，還有些細小光點從他身上散出。

他現在這樣子很像以前在夢連結出現的形象。

我默默坐到他身邊，發現魔龍不知道什麼時候也冒出來，坐在附近，一下一下把玩著手上不知道哪來的奇怪骨頭，漫不經心地往這邊看來。

「這身體時間到了。」重柳淡淡地開口，語氣輕得像在說「給他一杯水」這麼平常的事。

「……」

「如果離開，你是不是就會進行報復的行動？」

淡色眼睛看著我，乾淨得毫無雜質，我回望著他，說不出任何謊話，所以很乾脆地點頭。

這輩子讓我恨得想殺人的時刻沒有多少，甚至裂川王的事情我也沒動過什麼很壞的念頭，偏偏就是這麼一個重柳族，逼得我想親手往他們身上捅一刀，不論是老媽的事情、妖師本家的事情，或是眼前這名重柳的事情。

我在這裡學到什麼叫作恨得想殺人。

而我也知道我有這能力辦得到。

重柳似有若無地嘆了口氣，然後轉向魔龍：「那麼，就按黑色種族的方式來吧。」

「什麼意思？」我愣了一下，看見魔龍猛然起身，踏著沉重的步伐走到我們這裡，妖魔的黑色氣息突然籠罩了下來。

「弱雞，閃開點。」魔龍把我推到旁邊去。

「你們要幹什麼！」我立刻警戒起來，下意識覺得妖魔想對重柳不利。

「沒事。」重柳微微偏過頭，他身上的光點越來越多，像是身體正在分解一樣，整個人亮了起來，然後從輪廓邊緣開始粉碎，他就這樣盯著我看，開口：「我在的話，無論如何，你也不能進行復仇，或是殺害其他生命，能約定嗎？」

「我……！」

重柳伸出已經開始分解的手，勾出小拇指，學習著他跟在我們後頭所看見的事物。「能嗎？」

我狠狠咬著下唇，伸出自己的小指。

兩個彎打在一起時，重柳這瞬間碎成無數光點，神廟遺跡大亮了起來。

抓準這個時間，魔龍猛然出手，我聽見他咆哮了聲，帶著黑氣與血腥味的爪子抓進那一大團光點裡，凶狠地在還沒完全潰散消失的光輝裡抓出白色透明的身影。

這瞬間，我看見的是一個顯得很年輕的青年，面目與重柳很相似，但不知道爲什麼，似乎有些差異，與我以前在夢連結看到的不太一樣，彷彿更年輕了一些，銀白色的長髮從他肩後飛散在空氣中，整個人只穿一件單薄的白色長袍，那雙乾淨到如同水晶的眼眸慢慢閉起。

血紅色的法陣在青年腳下轉出，帶著凶險與邪惡，滿滿充斥著讓空氣懼怕、震動的貪婪，整個法陣像是張大嘴，完全成型之後猛然一口吞噬了重柳的靈魂。

我還來不及阻止，所有一切就這麼異常迅速地結束了。

吞噬了重柳的血色陣法層層包覆起來，在空中不斷縮小著，直到最後縮成一顆血色珠子，很像重柳平常在用的那種水晶珠子的大小，緩緩地飄浮到魔龍打開的掌心上。

妖魔轉過來，慢悠悠地瞥了我一眼。「收好。」

我愣愣地看他抓住我的手，把珠子塞到我手上，完全反應不過來他們到底在做什麼，還有想做什麼。

「你這弱雞妖師傻傻的啥都不敢。不過抓獵靈魂對我們妖魔來說是小事一樁，你那朋友怕他死了你到處去殺人，所以要我這妖魔用強硬的方法扣下他的靈魂，不然他就要回啥安息之地了。」魔龍嘖了聲，抱怨兩句白色種族怎麼這麼矯情、有點噁心之類的話，「好吧，那他現在就給你玩了，反正你剛答應過啥約定的時候沒有法術輔助，你其實也不用管要不要守諾，走出去大開殺戒給那堆白色種族瞧點顏色也可以，看你要怎麼做吧！」

手掌上的珠子相當冰冷，整顆如紅水晶一樣晶瑩透徹，隱隱可以感覺到有什麼東西在裡面，但是又被魔咒給封住。

我慢慢收攏了手掌，難以形容這個心情。

就在不久之前，我想過總有一天要去找相關人們算總帳，還有那些對我老媽下手的人我也不想放過，當時我還一直認爲不知道會不會讓重柳感到爲難，又或是他會幫助族人與我敵對；顯然重柳也早就注意到這個糾結，所以他直接用行動告訴我他的選擇。

這珠子還在我身邊，我怎麼能夠去把那些人一個一個殺掉？

想到這裡，我不自覺地苦笑了起來。

你……還是不想讓我成為邪惡的一方嗎？

但是在白色的這個世界，又有什麼地方容得了妖師呢？

❀

神廟遺跡轟隆隆發出巨響。

老頭公設在各處的屏障都傳來極為危險的訊息，大量白色氣息自遠方急速朝這座不知道幾千年沒人靠近的古代遺跡進行包圍式地逼近。

「看來時間種族死亡的話，他的同族會感應到。」

魔龍吹了記口哨，小飛碟在我們周圍團團轉了起來，米納斯冷哼了聲，一層又一層的水壁以我們為中心擴散出去，設下大範圍防禦結界。

不過這些其實都沒什麼用，我們心知肚明很快就會被打破，那些正義的白色種族永遠都不會在面對黑暗時留手，他們甚至對自己人都沒留手。

我小心地收起紅珠子，然後拎起一邊的粉紅壁虎塞進口袋。稍微把我們這些天藏身的地方收整下，能用的衣物收回小空間，順便把魔龍烤得堆疊起來做成小魚乾的銀魚和剩下的藥草也收拾得乾乾淨淨。

該去哪呢？

現在回學院肯定不切實際，然和冥玥都比我強，不太須要擔心，找精靈或炎狼也怕把他們拖下水，學長和喵喵他們就更不用說了，我一點都不想拖累他們，現在如果接近本來在我身邊的那些人，難保他們不會是下一個重柳。

比起軟弱地去尋找慰藉又害死人，不如就我一個人好了。

這麼想的時候，一條黑色細縫在我們面前直直切開，展出門扉一樣的空間走道，站在那裡的開啓人，眼熟到讓我想一腳把他踹回去。

「褚冥漾，又見面了。」

那傢伙甚至還帶著一臉優雅貴族般的笑容，彷彿早知道我會發生今天這種事情，完全不意外，笑笑地環著手和我打招呼。

「……安地爾。」我他媽都快有錯覺這人其實天天都跟在我們屁股後面，專挑空子鑽。看他現在的表情和姿勢，彷彿像是在表示「我便車都開到你家門口了，要不要過來搭一搭」，極其欠揍。

「你現在是不是更體會了點我之前和你說過的事情。」安地爾勾起笑，懶洋洋地看了我兩側的幻武兵器，彷彿沒覺得有什麼威脅，繼續說道：「白色種族就快殺進來了，你要等你那些朋友？還是妖師一族？」

「我誰也沒等。」我斜了這傢伙一眼，「包括你。」

安地爾好像聽到什麼好笑的事情似地笑了起來。「好吧，你不想投靠裂川王，也對鬼族沒興趣，又想親近白色種族……褚冥漾，你自相矛盾的地方還是和凡斯當年有點像。」

「喔，謝謝。」我直接取出米納斯的二段狙擊槍，因爲妖師力量暴漲，現在喚出二段竟然一點也不費力，我體會到其他人平常使用兵器那種輕鬆，不免想笑一下當年差點被震爆內臟的自己。「不過你再來吵我的話，我就往你腦子開一槍，我現在心情很差，你試試看。」

「別這麼凶，我們可以找個安靜的地方談談，順便繞開那些白色種族，你覺得如何？」安地爾抬起一隻手表示他沒惡意，還是笑得很悠哉。「畢竟，那個時間種族好像不是很想要你和其他人動手，對吧。」

「……你來多久了？」我皺起眉。

「剛到。」安地爾揹著手，聊天一般地說：「不過呢，那時間種族死的時候好像驚動漣滴了，真奇怪，時間之流居然有水滴願意為他震動，所以你們藏身的地方才會這麼快被發現，否則伏水舊址所在之處是搜索不到的，它的時空維度早被切割，不存在於任何一處，有點像你們學院。我到的時候沒感覺到時間種族的靈體消散，而是『不見了』，那表示他可能做了點什麼，按照白色種族的想法也不難猜，他死前的遺願要你好好做人是吧。」

我直接扣下扳機，子彈在安地爾臉前撞上防護結界炸開了，一層黑色火焰熊熊吞噬那層防禦，狠狠燒開一個大洞。

「下次我會開兩槍打穿你的臉。」我冷冷地回他這句。

「你辦得到的話，也不是不行。我們的差距雖然縮小，但沒你想的那麼小。」安地爾不太在意我的挑釁，用像跟小孩玩一樣的語氣。「要去喝杯下午茶嗎？」

「……」

「我保證和裂川王無關，也和比申無關。」安地爾有點惡作劇地眨眨眼睛。「這是我個人休息時間，而且我覺得這次你會有興趣喝點什麼。」

我收起米納斯，幻武兵器們的形體自動回到我手上，連老頭公都快速收回。

「你少玩花樣。」

「放心，真的不會。」

其實安地爾說的沒錯，我還是得繞開那些白色種族。
而我也沒地方可以去了。
還會有什麼更糟的事情呢。
於是我，邁開腳步。
走進黑暗。

第九話　被謀殺

熱紅茶的香氣慢慢地在有些冰涼的空氣中散開。

我盯著小小的細煙在冷風裡消散，露天座椅旁的街道傳來行人漫步而過的家常閒聊，活在沒有其他種族迫害的世界裡的人類們，攏了攏圍巾，不讓秋天的涼風鑽到脖子裡，並快步地走進店家點了熱飲。

「這個你吃吧？」穿得就像個正常人類的安地爾走過來，一身與旁邊普通人們差不了多少的黑色大衣，手上拿著兩大份三明治，熱騰騰的起司還差點滴到他袖口。剛剛路邊餐車開張之後，這奇怪的鬼族突然一句「這家滿好吃的」，就莫名其妙地跟著人龍去排隊，還眞的乖乖付錢買了人類食物回來。

「你很閒嗎？」我有點無言地看著放在面前、都快有我半個頭那麼大的食物，生菜和烤肉的分量毫不手軟，看起來處理得乾淨美味，不過我實在沒什麼胃口，反而在聞到美食香氣時還有點想吐。

安地爾咬了一口三明治，裝模作樣地講了句眞的不錯，然後才笑笑地盯著我半晌。「我發現你是個不怎麼會過日子的小孩，虧你前幾年都生活在安逸的地方。」

「謝謝誇獎。」最好是一天到晚出意外可以很開心地提高生活品質啦。我白了眼有滋有味吃著美食的鬼族，都不知道誰才是人了。「你把我們帶回原世界，不怕白色種族跟著追殺過來嗎？」這裡的人又不像守世界一樣隨時隨地來個大結界，可能一個啥東西砸下來馬上就會一堆死屍出現。

「放心，幾千年來白色種族抓不到我，即使多帶個拖油瓶，他們依然還是抓不到。」安地爾很欠揍地笑了下，有點半得意似地眨眨眼。「只要我不想，連百塵那些黑術師都不會發現我們，你待在我這邊反而安全，信嗎。」

「……看你活得這麼滋潤，不信也得信。」就沒見過哪個通緝犯可以幾千年來這麼會過生活的，還沒被拉出來燒死。撇去我和他的個人恩怨，其實妖師一族可能還眞得向這人學習一下，太會躲了。「所以你到底想做什麼？不會就眞的是來吃吃喝喝吧。」我看著桌上的美食還有四周悠閒的氣氛，莫名覺得可笑。

重柳的那顆紅珠子還在我身上，我覺得這麼和平的地方實在是……很不適合，好像不該在這裡平靜祥和地吃東西。

安地爾瞇起眼睛盯著我看了一會兒，沒有回答剛剛的問題，而是講著完全無關的事。「你第一次獨自揹負害死人這事情嗎……喔，是了，之前亞那的孩子和很多人在你身邊，所以你的負罪感沒那麼重也是理所當然，那個時間種族八成就只有你認識，你連要把死訊報給誰都不知道是吧。」

「你最好不要再提這件事情。」我捏緊手掌，新仇舊恨的火焰從胸口燃起，既憤怒又疼痛不堪。

周圍突然發出了驚呼，毫無預警的震動輕輕搖著整個露天咖啡座，接著擴散到附近建築物、三明治餐車，下午茶時間的寧靜被撕裂，開始有人驚慌地從室內逃出來，直到十多秒後晃動停下。

我深深吸了口氣，將差點又要四散的力量壓回身體裡。

安地爾彷彿什麼也沒發生過，悠閒地端起他的咖啡，品嚐似地喝了一口。「果然和燻雞口味很搭，我推薦你也可以試試，吃點好的東西對身心都有幫助。」

「你現在又在表演醫療班了嗎。」眞是太棒了，我都淪落到要靠鬼族充當心理醫生示範專業了。

「我現在可是私人時間，要幫你治療的話很貴的，你還是好好吃飯吧，這樣我們才能心平氣和地聊天，順便看看往哪邊去比較有意思。」安地爾招來了服務生，點了第二輪咖啡，而且還詭異地與店家服務生有說有笑，好像滿熟稔。

服務生大概注意到我覺得奇怪的目光，衝著我微笑了下，說了一整串我聽不懂的外語，我也只好勉強地笑回去，覺得這裡沒有自動翻譯功能眞不方便。

「他說推薦你可以試試招牌冰淇淋，你這種好像初戀破碎的失戀青少年需要甜食撫慰心靈，然後再去展開一段新戀情。」說著，安地爾還眞的對服務生比了個一。

幾分鐘後，我面無表情地看著冰淇淋塔被端上桌，超大的三明治都還沒吃掉，又來個分量超大的特製冰淇淋，冷風一吹，我覺得心更加冰冷了。

不過這冰淇淋也許可以派上用場，等等我如果手一癢，可能會整盆往那個喝著熱飲的鬼王高手臉上砸過去，到時候一定很爽。

「勸你還是不要扣到我頭上，這是純手工冰淇淋，浪費食物的人類會被雷劈。」

好像很有常識的鬼族奉送了我這句，我差點氣得要因爲浪費食物頂著天雷去砸他，不過最後忍了下來，怒火沖天地拿起旁邊的大湯匙，用力開始刨冰淇淋。也不知道他到底點了什麼，這整盆冰竟然是用鴛鴦火鍋那種大小的玻璃盆子裝的，到底是想撐死誰！

冰涼黏膩的東西塞進嘴裡時，我停頓了下，覺得這味道好像已經很久沒吃到，以前在學校天氣太熱時，偶爾會和同學一起去買個一樣的小盒冰淇淋。

「亞那的孩子和凡斯的後代都順利藏匿起來了，沒人出事，你可以放心。」

安地爾輕飄飄地送來一句話。

「……囉嗦。」

眞的囉嗦！

「你還是不打算加入裂川王嗎？」

露天咖啡座人潮開始漸少後，安地爾閒聊般起了個話頭。「先前比申的邀請你拒絕了，裂川王一直潛伏在歷史之後，勢力其實較比申更大了點，你投靠他也沒什麼壞處。」

「不管是裂川王還是比申惡鬼王，都滾蛋，謝謝。」我拿過桌上新換的紅茶，熱氣撲面。冰吃太多還眞的會冷，媽的。

「那眞可惜你一身的凡斯力量。」安地爾勾起唇角。

「當年不是你們背後搞鬼，凡斯也不會動用這些力量。」這始作俑者之一還有臉在這邊和我說可惜。

「這倒也是，不過我其實什麼也沒做。我原本想看看那些所謂能改變世界的力量，結果不像你們那些故事圓滿，眞是可惜了。」鬼族招來服務生，結清了帳，還是很有規矩地使用當地貨幣。

拉緊身上的外套，我跟著人走到街上，這時候人流已經少了許多，兜售小物的街販顯得有些意興闌珊，不那麼熱絡招攬行人了。

有個賣花的小孩子跑過來，眼巴巴地望著我，我摸摸口袋，覺得有點遺憾，結果那個鬼族又繞回來放了張紙鈔到小孩的花籃裡，小女孩甜甜地笑開，塞了一束花給我，是有點粉紅色的星星狀花朵。

看著安地爾還摸摸小女孩的頭，我突然湧起一股不明所以的怒火。「你知道三王子很可能是死於黑火淵的毒嗎？」

我手背一痛，一條血痕直接在上面裂開，好像被看不見的風刃給劃過。

捂起那條傷口，我有點報復到什麼的快感，「看來你知道的大概也沒有你想的那麼多。」

「你還是無知點比較好玩。」安地爾又給小女孩一張紙幣，拿走一束小白花。「既然你還是不想去裂川王那，我倒是知道該把你送到哪邊了。」

「不是帶著漫遊黑色世界嗎。」我現在有心情開他玩笑了。

安地爾瞥了我一眼。「不要，亞那的小孩還行，你長得又不好看。」

「……」

去你的。

這鬼族做事真的顛三倒四，完全猜不出他的目的。之前拚命招攬，現在人跟他走了，居然開口嫌我不好看要丟包？

簡直就像追求女孩子追求不到時當作珍寶，變成老婆之後立刻降級成枯草。

「你有病吧。」

「謝謝誇獎。」

「……」

我們在陌生國度溫暖午後走著的巷道猛然光影交替，眨眼間變成了全黑的空間走道，沒有刻意被轉移，也沒有打開任何術法的前兆，竟然就這樣被一步銜接進去，我立刻修改了對安地爾空間能力的想法。

他很可能還在百塵家之上，難怪會誇下豪語說黑術師也不一定逮得到他。

才剛踏出兩步，景色陡然一轉，黑色冰冷的空氣迎面灌過來。

還沒意識到這個有點熟悉的清冷空氣是哪個地方的，四周先起了大騷動，各種濃烈的殺戮意念爆湧而出，活生生就是入侵到什麼重地會出現的最高戒備反應，只差沒瞬間被開警報然後萬箭插成兩隻刺蝟。

根本闖空門闖成慣犯把別人家當他家的安地爾，壓根無視逼近的威脅，相當自然悠閒地將手上那束花遞到黑暗大殿的主人面前，加上一句：「送你。」

原本靠坐在王座上的人慢慢睜開赤色優美的眼睛，面無表情地看著這束芬芳的小白花。

這一秒，我只能再次感嘆地重複剛剛說過的話。

「你真的有病吧。」

殊那律恩抬起手，四周瞬間包圍過來的十多名鬼族護衛慢慢退回黑暗中。

已經一手卡在安地爾頸後的陰影收回手，皺起眉掃了我一眼，瞬間回到鬼王身邊。

大概是奇怪的東西看多了，鬼王沒有露出驚訝的表情，很平靜地盯著面前的花，然後轉向我：「全部的人都在找你。」

這麼淡然的一句話，差點又把我一肚子委屈給逼出來。

我抽了抽鼻子，點點頭，「我們去伏水……比較難找。」

「伏水雖然不存，不過特定的守護猶在，確實是個選擇。」鬼王微微彈動手指，橫亙在他和安地爾中間的那束白花眨眼灰飛煙滅，連片葉子都沒留。「那你又有何目的？」

「傳說殊那律恩才是繼耶呂之後整個獄界最強大的鬼王，你該不會連個招待客人的房間都沒有吧？」安地爾好像沒感覺到陰影對他露出的「快滾」眼神，很不要臉地開口蹭住。「我好心將人帶來，否則他就被正義的一方吃了。」

「謝謝，我不歡迎裂川王的手下。」殊那律恩大概是怕眼前的入侵者聽不懂，難得地字多了起來。

「眞是遺憾。」安地爾聳聳肩，倒是沒有死皮賴臉留下來，轉過頭朝我勾起唇。「改天再出去喝杯咖啡吧，歡迎來到黑色世界。」

說完，這人一個轉頭，身影直接消失在所有人面前。

「不用追。」殊那律恩制止了陰影正要離開的步伐，單手握拳支著太陽穴，又半靠回王座上，眼睛微微半瞇了起來，似乎有點睡意又很慵懶的樣子。「會有人去通知你的家族，安心待下，如同先前所說。」

鬼王也沒問我發生什麼事情，好像不打算讓我講述。

「先去休息吧。」鬼王直接打發我了。

我沉默了兩秒，想說不然還是道謝一下時，才發現陰影對我使了個眼色。來的時候被安地爾那傢伙一個搗亂，所以沒注意到，除了剛剛那些護衛之外——還有滿大殿飽滿的黑暗氣息。

有點麻木地回過頭，於是滿大殿上百鬼族，幾百雙眼睛同樣無聲地回望我。

好喔……這是正在開會吧。

我頭皮發麻地回過頭，尷尬地往王座旁邊的小通道縮出去，沒想到一滾下轉角後，就看見萊斯利亞站在陰影處對我招手，好像已經準備好在那邊等我了。

萊斯利亞向我比了個安靜的手勢，聲音直接在我腦袋裡面響起：「安靜在這邊聽。」

「？」

彷彿對於剛剛入侵事件集體瞎眼一樣，滿大殿的鬼族兵將都沒人提起這段插曲，直接繼續進行剛才被微妙中斷的會議。

「十多日觀察下來，自白色種族在自由世界發起追捕妖師一族後，已經明顯開始有一些比較封閉的族群釋出戰士加入獵殺隊伍。」女性的聲音在安靜的大殿中響起，我很快就認出來，這是蘿西芙希的嗓音。「其中以重柳族爲首，正強烈要求重返世界的妖師給出族人殺害時間種族的說明，否則將會視現存的妖師末裔爲大敵，傾全族力量追殺，不死不休。」

「殺害時間種族？」

殊那律恩淡淡地給了問句。

「是，似乎是在處決重柳族內部叛徒時，被釋放黑色力量的妖師族人帶走，然而在重柳族確認叛徒死後，所記號的靈魂卻平空消失，並沒有回到重柳族的聚靈臺，放出魂鷹後仍然一無所獲，他們認爲是遭到妖師抹去了神魂，痛下殺手，使其連回到安息之地的機會都沒有，非常可惡。」蘿西芙希規規矩矩地報告著：「另外也要求妖師首領對於取出歷史之書一事，以及在妖靈界出手做出說明。不過妖靈界風波已經有冰牙族與燄之谷出面擔保，當地統領的魔王也昭告不追究妖師擅自動武，所以後面這事倒是不了了之。」

放屁。

眞想把這兩個字砸到那群凶手臉上。

他們可以這麼不留情殺死自己同伴，竟然還會在乎他的靈魂有沒有回去嗎？

根本又是拿他借題發揮。

「裂川王一黨在三界暴起，帶著食魂死靈的聯合大軍幾乎同一時間發難，範圍之廣，偵查隊……」

我聽著他們的報告，這才發現其實殊那律恩鬼王並沒有傳說中那般地隱遁世界，一個接著一個的報告內容，幾乎廣及世界各處，還包括後續追蹤分析，簡直耳目遍及了大部分白色世界，偶爾還可以聽見某些不具名的友善白色種族提供給他們的世界各族損害情報，涵蓋之廣，簡直讓人驚訝了。

殊那律恩也就是聽著，基本沒有開口說話，那些鬼族報告完後，很快有幾個人又把各地狀況統整分析一次，依照討論雛型奠定各種可以暗地伸出援手，或是處置的方案。

「走吧。」萊斯利亞拍了一下我的肩膀，進入細節擬定流程後，大概沒什麼要我聽的事情了，他讓我跟上他的腳步。很快地，我們離開了大殿，穿過鎮殿的守護術法後，那些細節討論的聲音立刻消失無蹤，周圍靜默了下來。

萊斯利亞本身也不是個喜歡聊天的人，他就只負責把我領過長廊，穿過幾條便捷的空間走道後，環境一亮，我們面前居然出現一座完全不符獄界風格的院子；雖然沒有到藍天白雲那麼晴朗，不過在黑暗的世界裡，已經算是很明亮。

院子有許多白色或透明的植物，仔細一看，光源都是從這些樹木花草而來的，不知道是從哪裡移植過來，除了會發光外，還滿滿的光明氣息，都不曉得這些鬼族在種白色植物時是用什麼心情在種。

沙土也是生命力豐沛的白色沙石，我蹲下身摸了一把，竟然還有點舒服的溫暖觸感。

院子中心有棟西式房舍，有些類似學校黑館那種風格，不過是白色版本，上面還有不少裝飾玻璃，折射了植物的光亮，形成各式各樣優雅的光影。

「你先暫時住在這裡。」萊斯利亞轉手拉出個畫風不符的大行李箱交到我手上。「我們無法踏足進去，可能會污染裡面某些脆弱的生物，這裡面的日用品你會用得到，請好好休息。」

我接過行李箱，在鬼族的目送之下踏進白色庭院，然後深深覺得自己在十天野營後——入住高級旅館。

※

白色旅館非常安靜。

走了一圈觀察環境，確認沒有什麼可疑的陷阱後，我隨便挑了個房間，快速盥洗一番，接著讓老頭公布下重重結界，這才有點放心地把身上其他東西拿出來。

「你這弱雞不簡單啊，居然還認識鬼王。」

魔龍又自己跑出來，一個大字形撲到柔軟的床鋪上，還打了兩個滾。「本尊小看你了，不過這鬼王沒怎看過啊，看來是後來才出現的。」

「您貴庚啊。」我瞥了一眼妖魔，在旁邊坐下，也跟著自己跑出來的米納斯有些好奇地站在窗邊，看著外面那些發光植物，微光把她的臉照得有些透明，整個夢幻了起來。

這些幻武兵器倒是在我力量爆出來之後，像充滿電的電池，說出來就出來，開心地四處亂跑了。

「把死後也算進去的話大概三萬多歲。」魔龍還眞的回答我這問題，他歪著腦袋想了下，「三萬……八千……六百……後面忘記了，你隨便塡一塡吧。」對自己年紀不負責任的傢伙又在床上滾了兩圈，美滋滋地去撈萊斯利亞給的行李箱，打開後從裡面拉了一袋水果出來，接著從袋裡叼出一顆蘋果，咬得喀喀響。

還眞沒想到箱裡有個小型儲物空間裝滿各式各樣人類食物，我都不曉得該不該說這些鬼族非常貼心了。

在一邊沙發坐下，我拿出口袋裡的紅色珠子，看不出來透明的結晶體裡面實際綁架了一抹靈魂，原先殘留的一點點氣息隨著時間被完全吞噬，幾秒過後，我感覺心裡有點慌。「希克斯，這東西沒問題吧？」應該不會過一陣子就把裡面的靈魂給融了吧？萬一哪天能夠打開，結果倒出來變成別的東西怎麼辦？

「沒問題，那裡面是永恆詛咒，靈魂關押進去之後不會感覺時間流逝，五感全都封死的，他只能一直在裡面沉睡；如果你想把他變成手下還是煉製成鬼族、魔族，我可以教你後續方法，滿簡單的，練習個幾次就可以上手，多做幾個你就可以自己製造軍隊了。」魔龍一邊說著，一邊把果核吞下去。

假裝沒聽到後面那一段，我盯著珠子看了一會兒，認真地思考這裡面不知道可不可以改改環境，還是讓他能多作一點美夢，至少夢裡面沒有重柳族什麼的，他可以像普通人般體驗點不同的生活……

「喔對了，如果你有打算做成手下，這類型的人心靈很強大會反抗，你可以先從控制他的意識開始，要花點時間，讓他作作美夢啊，在夢裡跟你是兄弟家人，讓他覺得自己投胎轉生了，慢慢潛移默化一陣子後，等他身心都臣服，就可以做出忠誠親兵喔。」魔龍再次從袋子裡掏出一把芹菜，生熟不拘地喀滋喀滋嚼了下去。「當然，你也可以把他捏成美少女，當個完美妻子，很多妖魔抓到滿意的對象也會這樣改造。」

「你把控制夢境的方式教給米納斯，製作手下的部分就免了。」幸好還沒跟魔龍建立幻武兵器的交流。我面無表情地在心中和米納斯對話，讓她學會之後，把一些比較日常的事物放到紅珠子裡面。

可能有些美食、有些電影，或是有些很好的音樂。

我猜那人活著的時候可能沒有嘗試過這些很人類的日常生活，所以放置在那空間裡，也許他在虛無的夢境中可以感受到不一樣的事物。

米納斯溫柔的聲音很快回應我的指令，她回過身，輕飄飄地來到床鋪邊，突然出手扯住魔龍的耳朵，在我目瞪口呆之下把新的幻武兵器就這樣揪走了。

魔龍其實也不是沒抵抗，他正要暴起之際就被水花潑得一臉都是，下一秒撞上大坨黏液。陪在我身邊開發大量對付學長黏膠的米納斯把這些黏膠運用得得心應手，將魔龍當成蒼蠅一樣黏住了，整團帶走。

嗯……

嗯……我覺得他們應該會相處融洽。

「你想看看伏水遺跡記錄嗎？」

就在魔龍臭著一張臉把身體從黏膠裡一點一點拔出來時，我腦袋再次響起米納斯柔柔的聲音。

「什麼記錄？」

我按著痠痛的肩頸，在床鋪上躺下，闔起眼睛，專心地與米納斯在心中對話。力量解禁後，我們對話起來變得非常順暢且簡單，不像以前要花大量精神力，有時候米納斯懶得回就直接回去大豆裡休息，現在我們雙方精神力量都很飽滿，交流天線閃閃發亮。

幾個不屬於我的記憶畫面出現在我腦海裡，彷彿把我帶回去了那個刻骨銘心的傷痛地。

我看見「我」在那處神廟遺跡，雙眼赤紅、臉色蒼白，整個人形容憔悴，眼神卻泛著不祥的黯淡紅光，似乎下一秒就可以變成某種邪惡的魔獸出去撲人，緊繃的身體環繞滿滿失控的力量，像是一層層雲霧四散飄繞。

原來當時我在米納斯他們眼中就是這樣子嗎？

這也難怪他們想要活絡氣氛了，如果我那時一個想岔，估計時時刻刻扭曲成鬼族。

接著我看見在沉睡的重柳。

從米納斯眼中看來，他身上有許多血管經脈，分布在其中的血液異常地少，少到米納斯得多花一些力量從空氣與植物中提取某些替代成分與淬取菁華，填充進去作爲人造血液。可惜這些仿造物的效果很快就沒用了。

我看見那些白色的血本來是有點微光，製造出來的人工血也是類似這樣，但是在輸入重柳身體後，那些光消失得很快，幾乎急速暗淡。

「這是什麼狀況？」我在那些光消失的同時向米納斯喊卡，讓她把畫面先停留在這瞬間。

「是他身上最後一道咒印。」米納斯的聲音出現在我身邊，接著畫面被拉近，讓我看得更加清楚。「重柳族體內有許多無法處理的咒印，大多都是與時間種族相關，因爲生命消逝，原本許多相應的印記也都跟著消失，但是最後一個咒印相當奇怪，不斷反向吸食生命氣息……其實我認爲，那很可能才是眞正致死的原因。」

我看著又重新回到我面前的重柳身影，我記得他的心臟被他同族給刺穿了，是個小小的法陣一直在維持跳動。

但是，這時候我才發現從米納斯眼中看來，那些發著光的白血與人造血在通過心臟與小陣法後，變得黯淡衰弱，白血還撐得比較久，人造血幾乎循環個兩次馬上就充滿死氣，沒辦法再提供治療的力量。

「在你休息時，我與希克斯試圖想破解這個咒印，但是咒印年代久遠，並不是近期才被植入，先前似乎沒有侵蝕宿主的反應……至少在你遇見他的那些時候，他沒有被破壞生命，我們猜測應該是在他被處決時才被啓動的，可能是重柳族針對自己族人設下的禁咒，預防他們叛變，以及在叛變時能夠確保完成處置。」米納斯頓了頓，「……我很遺憾，我們盡力了，卻也破解不了咒印。」

難怪那時候魔龍肯定地跟我說人帶不走了。

他和米納斯早就知道重柳的身體狀況，只是不敢說破，在那時候讓我以爲他是傷重不治。

「你們可以早一點告訴我……他是被同族謀殺的。」我閉著眼睛，伸出手，然而摸不到我腦袋裡面屬於米納斯的那抹記憶幻影。

然而，早說似乎也沒什麼用。

當場被處決而傷重致死，與被謀殺致死，有什麼差別嗎？

……

……

不，其實有差別。

他們把能夠救人的機會都掐斷了！

我用力握緊拳頭，重重地向下搥在床鋪上。

——然後反過來指責我痛下殺手。

「混帳！」

一群大混帳！

畫面繼續向前流轉。

除了照料重柳的記錄以外，米納斯真的主要都在研究伏水族的遺跡。

被青苔覆蓋的遺跡清開之後露出了上頭的大量圖文，字體全都屬於看不懂的古代文字。米納斯同步她的意識給我，大致上可以辨認出這是在講述伏水守護神的事蹟。好像當時我們在大殿看到的那個毀壞的石像就是所謂的守護神。

傳說中，伏水的守護神就是從水裡走出來的最早第一代伏水族首領，和其他精怪生成的方式很像，他們也是天地靈氣萬物裡誕生的種族，在很早以前就進入這個劃分尚未明確的新生世界。

敘述完種族的起始後，便接著描述到遠古的混亂時期，首領領著第一代伏水族參與神魔戰爭，見證了八種族統領世界抗戰外來的威脅，數千年過去，神魔離世、退隱於歷史長流之後，原先的種族們也開始分歧。

「我想你會比較想要知道這一段。」米納斯跳過幾段歷史書寫，畫面來到相當幽暗的地方，看起來是地底……地下室？

雖然地下很黑暗，不過似乎沒有影響到幻武兵器們的閱讀。

米納斯傳來這段內容時，我頭皮炸了下。這部分竟與妖師那支滅亡的千眾家族有關係，雖然不太多，只有一小面，不過上頭明確記載著某一代伏水神女曾與千眾交流雙方種族的醫術，大抵是分析不同種族對於黑暗侵蝕的應對方式，之後將這份記錄刻印在神廟當中稟報守護神。

我睜開眼睛連忙坐起來，「只有這些嗎？」

米納斯的身影來到我面前。「是的，當時只看見這些，後來走得過於匆忙，其他區域還沒完整勘查過，按照這內容，很可能會有其他記錄。」

「這些送一份給黑王，有機會的話也給大王子一份。」我看不太懂這些醫療內容，不過涉及到千眾家就讓我想到本家保存的歷史，陰影和黑暗毒素曾經是可控的，說不定他們可以在這裡面找到些什麼突破口。

米納斯點點頭，「我會將破譯的部分也一併交出。」

「……等等，妳怎麼看得懂伏水文字啊？」再怎麼說，這好像都是遠古時代的老種族，我突然對幻武兵器彷彿都開掛似的這點感覺害怕。

「他也看得懂。」米納斯直接指向魔龍，一起拖下水。

「本尊三萬多年前就出生了，馳騁大陸的時候你們這些小傢伙屁都不是。」魔龍齜牙咧嘴地噴回來。

雖然我想追問一下，但米納斯好像沒有成爲幻武兵器之前的記憶，而且她好像也不是伏水族人的樣子——不然理應被精靈們認出來，只能就此先作罷。

相較之下，帶著完整記憶，自願壓縮力量跑來當幻武兵器，動機很可疑，又自我意識過剩的魔龍就吵得要命。

「你不是靈魂體嗎，爲什麼要一直吃東西啊。」看著魔龍又去掏那袋食物時，我實在忍不住就問出口了。

魔龍沒好氣地白了我一眼。「誰規定魂體不能吃東西，你們人形生物腦袋還好嗎？當然是可以把食物轉化成能量才吃的，不然光憑你的力量，本尊要真的動起手，你就直接變成壓縮人乾。這是在幫你減壓懂不懂！」

「喔，謝謝啊。」雖然我覺得他很可能有一半的原因純粹就是貪吃，不然如果單純只是要轉換能量，吃土還不是一樣。

魔龍好像正打算回點什麼，臉色突然嚴肅了下，兩個幻武兵器形體同時消失在空氣中。

門扉被人敲響，輕輕的，兩、三聲。

我皺起眉，一手扣著米納斯的小槍，一邊小心翼翼地走到門邊，推開了條細縫。

站在外面的是名妖精。

真的完完全全的白色妖精，沒有被污染過的那種，光明氣息很充足，沒有一絲污穢。

妖精的外表看起來是二十出頭的女性，有著波浪的粉紫色長髮與稍微尖尖的耳朵，皮膚白皙，一身淡粉薰衣草色的洋裝，寶石般的深紫色眼睛帶著溫柔的笑意盯著我看，從她身上傳來陣陣花的香氣——似乎是花草類的妖精。

「你好，我被指派來照料你的生活起居，你可以喊我翡花。就住在一樓，如果未來有什麼事情可以隨時告訴我。」妖精微微笑著，聲音很輕柔：「不須要害怕，我追隨著黑王，明白你的心情，在這裡你能安心地留著，不會有人闖進來傷害你。」

「……妳追隨鬼王？」這話聽起來好像哪裡不對。

「總是有那麼一些你深愛過的人因爲很多原因身不由己，不是嗎。」花妖精加深了微笑，似乎想起了誰。「我只是微小無法撼動世界的存在，力量極低、成不了大事，不過我能選擇追隨愛人的腳步，即使他走進地獄我也陪他一起，而且這裡其實並沒有地獄那麼糟呀。」

我想了一下，明白她的意思。

「其實這裡的白色種族也不少，黑王打通了一處世外天與外界隔絕，讓我們住在那邊不容易被外人發現，這房子算是交界點，我們才能經常陪伴在所愛的身邊，令他們不那麼痛苦。」翡花拍拍我，讓我跟著她走到外面的露台。她指了一處較遠的方向，隱約可以看到一絲淡淡的銀色光芒。「那便是交會口，如果你想拜訪世外天也能夠從那邊通過，你不是鬼族身，不用擔心毒素污染。」

「這什麼時候建立的？」我突然覺得殊那律恩連這種事情都規劃了，也想得太過周到。的確，如果身邊眞的有親人、愛人被污染扭曲成鬼族，知道他們下落，以及竟然還保有原先意識時，肯定會很想跟來的。

花妖精沉默了幾秒，語氣突然抹上一層悲傷。「千年前。」

——千年前，三王子的愛侶追隨他而來，並同時死於獄界那時候。

第十話　當一次壞人就上手

翡花很快結束了感傷的話題。

「我替你們準備了晚餐，待會兒你可以看看客人是否有須要留宿，我已經整理好房間了，這裡隨便一個房間都能使用。」貼心周到的妖精如此說著。

「客人？」

我怔了怔，突然好像想到什麼，扔下花妖精拔腿就往下面的大廳跑去。

冥玥或喵喵他們不會那麼傻吧！現在跑出來找妖師，不管是誰都會被當作敵人一起對付啊！

一路跑下階梯，我猛地頓住，看到站在那邊的黑色身影。

「你……」

陰魂不散的黑小雞邁著沉重步伐走過來，光是看他走這麼凶殘就覺得他應該從被丟包之後就深含憤怒和委屈，巴不得撲過來把我咬死先。

不過黑小雞驚天動地地過來，並沒有一巴掌把我拍扁在地上，反而是在確定我沒事情後鬆了口氣。接著才有點嚴肅開口：「你怎麼可以拋下我？」

「啊？」我愣了一下，這開場好像哪裡怪怪的。

「我已經立誓，無論如何都會忠誠在你身邊，爲什麼你還是經常跟外人說跑就跑？」黑小雞怨氣炸出來，質問的語調都快比平常還高了。「別人眞的比我好嗎？到底我哪邊讓你如此不信任，寧願一再捨棄我跟著別人走？」

「不不，大哥麻煩你等等。」後面的花妖精都快誤會了啊喂！

我瞥到翡花一臉「有故事」的表情，突然覺得大事不妙，連忙制止黑小雞噴發的指責。

哈維恩也注意到一旁還有花妖精，皺了下眉，開口：「我們找你找了很久，那天你們在月汐沙灘被傳送到學院附近時只有你不在；問了其他人，說當時你自己脫離陣法和重柳族的人下落不明了。我重回沙灘，那邊已經被白色種族封閉包圍，找不出蛛絲馬跡……還以爲你們兩個就這樣沒命了，直到剛才鬼王的人派了訊息過來，我才尾隨進來。」

「先等等，你爲什麼會在這個地方？」

根據哈維恩的描述，我們那天是被重柳倉促帶到海妖精的領地，因爲地域偏遠，所以其他人第一時間來不及救援，等到學長他們被傳回學院附近、其他人趕至白沙灘時，我和重柳已經不在原地，那裡只充滿憤怒的白色種族。

「因爲都是獵殺隊伍，我無法靠太近，不過學院和公會的人在那邊受到很多逼問，那些白色種族一直要他們把你和那個重柳的人交出去，說你們動用了妖師的黑色力量襲擊他們，幾乎可以視同開戰。」哈維恩露出一個很想吐白色種族口水的嫌惡表情。「學校這裡派出了些人去周旋，好不容易才讓那些獵殺隊退一步，沒有繼續去追妖師一族，不過檯面下誰也不知道怎樣，妖師一族現在則完全潛藏起來，七陵學院也針對此事在學院設下大結界，不讓獵殺隊進去搜人……裂川王的戰火還未熄滅，那些白色種族獵殺隊根本不知輕重，只想要毀滅和妖師相關的所有事物。」

我揉了揉太陽穴，這事情果然完全鬧大了，重柳族帶頭的獵殺隊擺出不死不休的態度，看來我逃跑時撂下的狠話讓他們異常在意，打算先把我給拔了再說。

媽的，我都還沒回去算帳，倒是想先斬草除根了。

「然他們都沒事吧？」我放下手，還是先問了一下其他人的狀況。

「族長與冥玥小姐都退回妖師本家，我是在那裡和他們一起收到鬼王的訊息，立刻就趕過來。」哈維恩想了一下，才臭著臉繼續說：「冰牙的小王子被學院保護起來，其他人也是，冰牙族和燄之谷已經有人入駐學院當中，對外公開的說法是協助抵禦黑色同盟的攻擊，事實上是防止獵殺隊針對性的手腳。」

「黑暗同盟在各地的戰況呢？」

「暫時被控制住了，學院那邊的食魂死靈全部都被逼退。」黑小雞好像知道我會追問這些事情，萬事通一般認眞盡責地開口報告：「各地方死傷還在統計，不過在我出發前聽說有的地方已經被攻陷了，死傷慘重，所以很可能要發起新的聯合軍對抗黑暗同盟。」

我點點頭，表示明白。

看來百塵家一連串動作還是有跡可循的。

以前我的能力完全被封住時，對他們來說沒有絲毫用處，很可能他們一直都有在監視妖師一族的動靜，直到近期我身上的控制都被解開，他們才打算來個「刺激」，把這份和然相同的妖師能力弄出來。

我突然覺得，說不定湖之鎭背後就有他們的影子。

不然也太過巧合，從以前到現在，我走到哪邊就會有各式各樣的事情，其他人最好上個異世界學院可以上成我這樣，連古代大陣和陰影都冒出來了，八百年都沒看他們四處噴發過，短短一年之內什麼鳥事都發生。

那麼現在我就有一個問題了。

——當年妖師本家突然被時間種族侵入這件事情，和黑暗同盟到底有沒有關係？

這幾天我想過很多，妖師本家所在之處很可能與伏水族遺跡一樣，建立在一個「不知處」，加上然他們有特別做過防固，就這麼突然被重柳族闖進去，直接在核心一擊殺了族長的父母、重傷我老媽，乍看之下只是殺掉了幾個可惡的妖師，然而從身分來看，被殺害的人全部都和凡斯的能力繼承者有直接血緣關係。

巧合嗎？

我笑了下。

以前那個太天眞的我大概眞的會覺得只是巧合，但是現在我什麼都不信了。

這絕對不是巧合。

他們很明白，我們三個就是凡斯的繼承者。

當年然如果沒有展現新一代妖師首領的能力，震懾並滅殺了闖入的時間種族，我們三個人隨後會遇到什麼，恐怕還是個未知數，但必定不會這麼簡單就被重柳族給殺掉。

「哈維恩。」我搓了搓手指，漫不經心地開口。

「是！」黑小雞立刻應聲。

「你先回去學院幫我打聽情報，有事情我會再叫你過來。」想想，還是快點把這愚蠢的夜妖精趕回去好了，以免他等等一個不小心混成大魔王，就糟糕了。

「恕我拒絕！」黑小雞中氣十足地違抗我的命令。「我在出發前，直接揍了一個跟蹤的獵殺隊，然後告訴他我要投靠黑色勢力，現在你要把我送去安全的地方已經遲了！」

「……」

……

……

有你的！

❀

於是黑小雞就在白房子住下來。

住宿這兩天，翡花等我心情好點後和我聊了些閒話，我才知道她原來眞的就如自己所說，沒什麼力量，放在普通人類裡，就是尋常的家庭主婦，能夠煮出美味的一頓晚餐、打掃房子，經營個小餐廳或是做些手工藝維生，一輩子沒有什麼壯志，唯有個小小心願，就是廝守一個小家庭，幸福地過小生活，直到老死。

其實這就是很多普通小人物會有的心願。

安安分分地照料一方小天地過一生，既簡單又單純，不去傷害任何人，也不去逼害不同的人。

可惜的是，和她廝守的妖精武士上了戰場，被邪惡的鬼族大軍斬下。當時沒死成，但是毒素侵蝕造成嚴重扭曲，被發現時，他也因爲想要再見花妖精一面的執念幾乎喪失自我。曾經的「英雄」無人認得出，被白色種族獵殺、追打，連小孩看見都會驚恐地哭號。

「我那時一聽人們描述，就知道那是我在等待的人，所以放棄了原地等待、什麼也做不了的日子，用盡力氣追蹤到他的最後藏身所，才聽那邊的部落說，有個奇異、像是精靈一樣的孩子，某天晚上把怪物帶走了……我一下就想到吟遊者他們偶爾會唱的那些，被列爲禁忌的黑王歌謠。想著就算是地獄也無所謂了，沒有他的地方還比較像是地獄……就這麼闖進了獄界。」

翡花苦笑著說，因爲她沒什麼力量，眞的差點就死在獄界，幸好遇到殊那律恩的情報部隊把奄奄一息的她帶回去，她才終於得以見到已經恢復原先意識的那個人。

花妖精當下鐵了心，死也不出獄界，拖著衰弱的身體在這個對白色種族來說太過毒害的世界與對方耗，那人後來也急了，過了半天，連滾帶爬地跪求鬼王救救她，這才被黑王送進世外天，放棄了回到白色種族的生活，寧可一輩子都待在那個切割世界，也想與相愛的人廝守在最靠近的距離。

「我們無法在獄界長久生存，這裡的毒素會殺死我們，但是他們也不能進入世外天，鬼族的毒素會污染白色空間。所以每個月有一些時間，黑王領地毒素降至最低時，我們可以在指定的地區共同生活幾天，這樣也已經很令人滿足了。」翡花幫我空掉的茶杯斟上新的茶水，淡淡的花香飄散出來，讓本來很冰冷的心溫暖了些。

「……妳沒有想過也當一個鬼族嗎？」雖然這樣問很不好，但是如果眞的那麼相愛，我認爲她應該有考慮過。

果然，翡花點點頭。「世外天的人幾乎全都想過，也有很多人自願扭曲投入鬼族。可是，我若來到這裡他會很痛苦，共同生活是他最大的慰藉，如果我選擇扭曲，他會永遠無法原諒自己，再也得不到救贖，所以我們認爲這樣就好，我也會因爲他而好好保護自己，不受毒素侵蝕與污染。」

其實我大概明白她的感覺，就算我有辦法，我也不會想把重柳、學長，甚至喵喵他們都帶來我這裡，成爲黑色種族……現在我都不太想再和他們有牽連了，即使我超想念原本在學校所有的一切。

翡花又和我聊了一會兒，才起身去收拾其他事物。

我環著手走出庭院，看見黑小雞正在附近左轉右繞，好像狗佔地盤一樣到處做上印記，讓我頭痛起來。

我是知道夜妖精對於妖師有謎樣的執著與服從性，但甩不掉這點眞的很可怕。還好沙灘事發那天他不在，不然我都怕他會衝出去死第一個。

「那個重柳族的人眞的死了嗎？」黑小雞大老遠看到我，直接跑到我旁邊發問。

「嗯，沒了。」

「爲什麼？怎麼死的？他也是個強者，不應該這麼容易死。」黑小雞立刻丟了整串問題，問得我心火燒起來。

「我是不是該開個記者會回答全世界的問題，才不用你們看一次問一次。」雖然這件事和黑小雞無關，但是我還是衝著他發火。

哈維恩大概也知道他是被遷怒了，很有耐心地等我諷刺完，才開口：「我只是想知道重柳族用了什麼手法，術法上說不定可以找到點線索，未來好反制他們。」

「……我知道，對不起。」嘆了口氣，我覺得我這情緒反應眞的越來越像更年期的人了。

把黑小雞領到附近小涼亭後，我將米納斯同步給我的那些畫面中的法陣畫出來交給他，順便描述了當時米納斯告訴我的消耗生命力的事情。

「反殺嗎？」哈維恩看著那幾張法陣圖，臉色不是很好看，甚至可以說很嚴肅。「其實之前我就想說了，那個重柳的狀態很不對，就算是黑色種族，也不會在我們自己同族兄弟身上刻下那種懲罰烙印，我們比較常在違反誓約時逮住人，再宰掉他。」

「這點之前學長他們說過。」反正我來獄界的事情，在黑小雞找上門這瞬間估計就曝光了，他雖然有點死板，不過還是很會猜的。所以我挑著把當時重柳族的狀況告訴他，鬼王的記憶幫助就先略過去了。

聽完，黑小雞還是搖頭。「不，那還是很奇怪，如果他是罪人，爲什麼能自然地動用封印武器？罪人不可能在時間長河裡來去自如，還動用了可以牽動世界力量的封印武器。」他想了想，又盯著法陣圖看了一會兒。「算了，人都死了，大概也沒痕跡，我先研究這些禁咒。」

「好。」

重柳的靈魂還在這事我先暫時藏著沒打算說出來，不過能說的倒是還有另件事情。「我想回伏水舊址一趟。」

「伏水？你之前藏身的地方嗎？」哈維恩一點就通。

「嗯，裡面恐怕有我需要的東西。」如果可以，其實我是不太想回去的，但是牽扯到千眾家的記錄，不管怎樣還是有必要再走一趟。

說不定那下面會有千眾和伏水治療黑色毒素，甚至治療扭曲的進一步記錄？

「我也去。」

突如其來的冰冷聲音把我嚇得直接從位子上跳起來，驚悚地回過頭，才看見是不知哪時候到來的鬼王及陰影一枚，連哈維恩都沒發現他們，看樣子還聽我們對話聽很久了。

我現在眞的確認他和大王子有血緣關係，兩人都是突然就冒出一句話決定行程的操作啊！

「走吧。」殊那律恩直接打開黑色的走道。

……這麼快速的嗎？

不過鬼王都打開空間走道了，我根本沒有時間繼續在那邊傷春悲秋，甚至行李都來不及拿，就趕緊和黑小雞一前一後跟上鬼王兩人的腳步。

說起來，他們上次被裂川王進攻的後續如何？

偷偷看了鬼王一眼，好像沒有受傷的樣子，估計也是順利把黑暗同盟驅逐出去吧。

剛到獄界時，殊那律恩在大殿上穿得比較正式，也較像個鬼王，是半鎧甲的正式服裝；不過現在他身上只穿著簡單的黑袍，像他以前的術師法袍，走動時上面隱約會出現各種銀色圖騰的黯淡流光，很吸引目光。

黑色的空間走道與大王子的完全相反，是純粹的黑暗力量，一點瑕疵都沒有，進去不過才兩、三步，另一端已傳來那讓我有點熟悉、帶了些水氣與天女草植物氣味的死亡氣息。

其實我當下就想到，白色種族還在獵殺我們，肯定會留一些人在神廟遺跡裡探查我們到底做過什麼，所以一踏出空間走道，四周突然好幾名獵殺者暴起，直接往我們包圍追殺時，我完全不意外。

殊那律恩抬起手，四周的風僵了一下，那五、六名獵殺者在空中突然頓了兩秒，接著猛地摔到地上，所有人全身僵硬，好像集體變成石頭，居然連他們身上的白色力量和殺氣都感受不到了。

「深。」

陰影立即消失在我們面前，接著整座神廟遺跡震動了下，連我都能感覺到空氣好像變了，但又說不出哪裡不對勁，只覺得疑似換了個不一樣的位置。

相較於還在疑惑的我，哈維恩面露吃驚。「空間切割？這和水火妖魔的空間切割……？」

「嗯，同一套空間術法，他們以前來偷東西時，我完整記住了。」殊那律恩回應得相當自然，好像記住人家的大招是件很正常的事情。

等等，不是我要說，水火妖魔連鬼王都偷過啊！

「我暫時將伏水舊址的位置做切割，但不能持續太久，它有原本的守護，時間拉太長會驚動某些東西。」殊那律恩淡淡說明：「但在空間位置恢復前，應該足夠我們收集必要的資訊了。」

聽到他說這句，我連忙拍拍手環，米納斯的蛇身直接浮現。「你們快去把那些東西找齊吧！可以的話把這地方的記錄都複製一份！」有時間限制的！

米納斯和那一堆小飛碟、哈維恩都跑開之後，我見殊那律恩像有目標一樣直接離開，想想他們要拓印整座神廟的雕刻我大概也幫不上忙，走了幾步，才猛然發覺幾乎是下意識地朝著那一塊被我們充當很多天營地的地方走去。

大樹依舊，小水池裡又游滿了銀魚，還有幾條魔龍不知哪抓來的大魚，來不及烤，幾尾色彩鮮艷的魚正在池底悠悠哉哉地休息著，完全沒有意識到逃過一命的事實。

我勾起苦笑，還是走回那個熟悉的老位置徘徊了幾步，嘆了口氣，打算去找米納斯他們時，突然發現不太對勁。

那時候重柳在這裡碎散成光，神廟也因此發亮，當下太難過了沒有特別注意到異狀，加上後來被追殺只好匆匆收拾離開，現在返回後我才發現，有些光點竟然沒有消失，零零散散地卡在周圍一些比較大的斷梁殘柱上。

怎麼回事？

我走到最靠近的石塊邊，往上面手指般大的光點一抹，微光立刻消散，變成粉塵般的東西，白色痕跡在石塊上劃出不到一公分的顏色，接著石塊竟然亮了亮，又變回原本的樣子。

……時間種族的骨灰還有上色功能嗎？

「發現什麼嗎？」

回過頭，我看見殊那律恩就站在我身後約莫三步左右的距離。

「這些光是怎麼回事？」我抹了抹手指，上面還沾有一點點那種白色粉末，一擦就碎開，在空氣中蒸發。

「什麼光？」殊那律恩反問了讓我很驚恐的三個字。

「就……重柳死在這裡的，現在還有光……」

我也不知道該怎麼跟他形容，還好鬼王很快就有自己的解決辦法。冰冷蒼白的手指點到我額頭上，涼涼的，很快就移開。

「是給你的留言。」殊那律恩唸了一串優美的咒文，暗色法陣在我們腳下轉出的同時，那些光變強了，就像前兩天那時一樣，整座神廟竟然亮了起來，而且亮度逐漸增強，某些毀損建築物上部分的光，在青苔後面畫出了圖紋，描繪出各式各樣古代刻印。「你的朋友在死前應該清醒過幾次，同時發現這座伏水舊址裡還有東西。」

「他是醒過兩次……」

「那對於我們而言便足夠了，來吧。」鬼王揹著手，順著亮光最明顯的路徑走去。跟在他身後，我也立刻發現這些光點原來是有指向性的，在遺跡裡架構出一個方位，如果沒有仔細看，還眞的看不出來。

鬼王每踏出一步，那些未被清理的青苔、雜草積土像是有無形的手將它們不斷推開，顯露出底下不知被覆蓋幾千、幾萬年的殘石與其上的痕跡。大部分的建築物和壁畫都已破碎不堪，長時間的侵蝕也把壁面上的刻印磨平許多，不過在這條路徑上，有很多即使早已模糊的記錄、斑剝的板面上，仍是轉出光線，忠實地短暫呈現千萬年前原本該有的面貌。

「銘印刻痕。」殊那律恩淡淡地說明：「眞正的神廟祭司才會使用這種方式記錄重要事項，只要有同等術法啓動，就能查閱古代記錄，不會因爲時間侵蝕而消滅。」

「……您連祭司術法都知道嗎。」這也太凶殘了點。

「以前涉略過，在精靈王的書庫中。」鬼王語氣變得比較輕緩，可能是想起某些過去的記憶，冰冷的溫度也溫暖不少。「可惜我們都不知道那名重柳族眞正的名姓，否則應該能預防最壞的下場。」

「預防？」

「是的，如果能知道生命眞名，其實那時抓到他的時候，我就能針對他設置術法。」殊那律恩帶著我拐過一條走廊。

長廊原本沒被清理，我們住這時沒進到這麼後面，所以雜草長得比人還高，鬼王踏進來後，那些草整個都縮到旁邊去，連不重要的沙土石塊也跟著滾開了，路面瞬間平坦好走。

「你讀他記憶沒讀到嗎？」我印象中鬼王那時候挖了人家不少東西啊。

「他自己都不知道自己叫什麼，我怎麼讀。」鬼王偏過頭，狹長的眼睛看了我一眼。「他的記憶中只有族名，沒有自己的生命眞名，設咒的人把他的眞名給封了。」

「……到底什麼深仇大恨啊。」

有些人生前都是謎，怎麼搞都搞不清楚。

現在我突然發現，重柳可能比這種人還要厲害了，他死了才全身都是謎。

不過大概也是因爲我從來沒有眞正地認識過他吧。

最後，我們走到神廟中心點。

如果按照正常格局來看，這座神廟的前半部分應該分為大殿、偏殿，朝拜處與祭司們會見信徒、遊客，並進行各種活動的區域。後方則是住宿區、倉庫，或者寶藏庫等等，平日不會讓外人踏入的地方。

我們走到後方時，發現原本的通道已毀損塌陷，神廟後半部完全消失在斷層土壤中。應該是漫長時間以來經歷過地層變動，地表明顯陷落很多，呈現下凹的狀態，吞掉了後半神廟，又承受經年累月的風吹雨打、砂石覆蓋，於是把後頭的屋頂掩得只剩下殘缺的石板。

然而光點的指向就這麼插進了地裡面。

我還在想要怎麼挖出來之際，一隻手拍在我肩膀上，下一秒，眼前一黑，本來明亮的遺跡瞬間完全暗了下來，什麼也看不見。

這才想起殊那律恩這貨根本就是哪裡有洞哪裡鑽，他連陰影的遺跡都能跑進去了，伏水的地下遺跡又算什麼！

很快地，亮光在地下空間點燃起來。

一看見下方遺跡的面貌，我馬上修正剛剛的想法。

我本來以為後半部神廟是因為地層下陷而造成坍塌，但進到裡面之後才發現這半座神廟根本是被「切開」的，然後整個被埋到土裡。大半座神廟深埋在土中數千年，竟保存得異常良好，柱是柱、牆是牆，甚至一些壁畫上的顏色還鮮艷得彷彿隨時可以開張展覽，光是我們進入的這個空間就有一、兩座足球場那麼大，簡直比前面那個毀損的大殿還要壯觀好幾倍。

殊那律恩藉著光打量四周。「這才是正殿。」

「咦？那上面……？」

「只是個入口門廊與淨洗處。」鬼王淡淡地說：「剛到時就覺得不太對，伏水是大族，正殿祭司術法記錄也太少。」他頓了下，似乎要再說些什麼時，原本寂靜的地下空間深處突然傳來低低聲響，好像有什麼野獸藏在地下神廟的某處黑暗中，被我們這些外來者侵擾。

一開始我以為是風聲，就像探險類電影常常會有讓人誤會的詭異聲效，不過幾秒後，深處的東西又吠了聲，這次很明顯是猛獸警告的聲音，有高低起伏，嚎出兩聲後進入了敵不動、我不動的狀態。

「你先在這裡等著。」殊那律恩在我身邊拍下兩個術法後，身形一暗，赫然消失在神廟大殿陰影處。

安靜的大殿，現在直接變成死寂了，野獸的聲音沒再傳來，但是我自己一個人待在這裡，莫名被這氣氛搞得毛骨悚然起來。

伏水的大殿不知道爲何沒有任何塑像，之前在上頭那個假大殿還可以看見守護者的破碎雕像，這裡卻什麼也沒有，只有大量壁畫與雕刻華美的石柱上的各式各樣記事圖文，認眞來說，其實也很奇怪。

我硬著發麻的頭皮，決定分點心去研究石柱上的敘事，才剛這麼想，一絲極淡、好像極力隱藏的白色氣息，煙霧一樣緩緩飄過。

米納斯和魔龍雖然跑去拓印神殿了，不過幻武兵器仍能正常發動，所以我將掌心雷扣在手中，不動聲色地慢慢釋出自己的黑色力量，好讓我本人看起來像個不會控制力量的靶子。

屏住呼吸，不到兩分鐘，果然感覺到那個乾淨的白色力量好像膽子大了起來，猛一遁，直接逼近到我身邊。

還沒對他來一記黏膠彈，鬼王早先拍下的術法轉出了黑色光芒，直接把砍向我的尖刀連同暗殺者一起彈開，回彈力道還不小，把那人掀得去撞柱子了，隱身術法也被反向炸毀，直接暴露身形。

是個妖精模樣的青年，年紀看上去不是很大，二十出頭左右，棕色的短髮有點鬈，同色系的眼睛帶著憤恨和惱羞，惡狠狠地瞪著我。

「獵殺部隊的人嗎。」沒想到還有從鬼王手下逃過一劫的獵殺者。我勾了下唇，學習安地爾那種欠揍的笑。

「你！」妖精應該眞的很年輕，情緒有點激動，「黑色種族！」

「這不是很明顯嗎，還是你們白色種族都瞎的。」我悠悠哉哉地在妖精旁邊走了一圈，可以感覺到他超緊繃，估計不知道他哪個同伴曾唬過他遇到黑色種族會被吃掉，所以他現在八成一邊在和我對峙，一邊在想會不會被吃掉的問題。於是我也舔舔唇，心情愉快地抹了一下嘴，「你剛剛沒在上面嗎？居然漏了最年輕的……」

「你吃了我的同伴嗎！」妖精有點崩潰地大叫：「他們說你把時間種族吃了！果然沒錯！你們這種邪惡的黑色種族遲早會吞噬掉我們！」

你把黑色種族當成天天都在大胃王比賽嗎？

我在心裡翻了個白眼。

有時候換個心境，把一些事情豁出去看待，就會突然覺得原來以前覺得很可怕的事物，其實沒這麼可怕。

外加，見過冰牙族和燄之谷中各式各樣的強者後，我突然覺得這妖精的力量很弱，與狼王他們根本沒得比，而且比我現在可以調動的黑暗力量還要小很多……難怪狼王他們時不時就想欺負弱小，現在我也想，怎麼辦？

「你你你你──不要過來！」妖精發現我又往他走兩步之後，尖刀揮出來亂砍一通，快嚇得崩潰了。

「我靠過去你就要叫了嗎？」為了讓效果更逼真，我愉快地在身邊轉出兩個黑色小漩渦，敬業地招來恐怖氣息。

「啊啊啊啊啊啊──」

妖精尖叫了。

好的，我現在確認這妖精年紀一定很小，絕對是跟著獵殺部隊的人出來看熱鬧，還有，當壞人好像也是滿有趣的事情。

「叫吧，最好屎尿也拉乾淨一點，這樣吃起來腸胃裡就不會有髒東西了。」

我話才剛說完，妖精立刻捂住自己肚子，整個人跳起來，一手舉著尖刀，擺出視死如歸、要和我同歸於盡的覺悟表情。

「就算是死，我也不會放你們這些邪惡的存在去危害人間的。」妖精終於做好心理建設，捂著肚子的手也抬起來，周圍瞬間轉出好幾個血紅色、一看就是要爆炸彈拉著敵人赴死的威脅性陣法。「既然你已經吃掉我父親，那麼我要繼承他的遺志，將你們這些邪惡誅盡，保護整個自由世界不再被黑暗迫害，我——嗚噗！」

妖精慷慨激昂的話還沒說完，他看不見的後方，一個黑色小東西被丟了過來，時速可能都超過棒球球速最高紀錄了，狠狠地在妖精腦後砸出一個西瓜差點破掉的聲音，把他砸得翻起白眼，往前撲倒昏迷，順便終止他的演說。

扔出小飛碟的魔龍罵了句聽不懂的髒話，另外又罵了一句我從剛剛就想說的話——

「哪來的智障。」

《特殊傳說II恆遠之晝篇・卷八》完

番外．其八、界限

妳是，這一任的繼承者嗎？

她緩緩睜開眼睛，在黑暗中聽見了戲謔般的低語。

我們黑暗的姊妹嗎？

「笑話。」

十字弓的機關轉動聲輕響，纏繞其中的術法瞬間將攻擊力增幅至最強，奪命短箭眨眼貫穿藏身在黑暗中竊竊私語的藏匿者。燃起的火焰撕裂那層遮蔽，伴隨高低不一的尖銳慘嚎，立時成灰。

「誰跟你們是姊妹，認錯親戚了吧。」

她伸手接住歸回的箭刃，一甩手，漂亮的銀光插回了機匣裡，被幻武兵器重新吸收。

接著一扭頭，看往後頭那兩、三個實在是不成事的新晉袍級。

「全部記一次污點，任務未完成扣除賞金，接案級數下調，中階以上暫停開放。」不帶感情地把評語批到公會專用的評量本上，果然瞬間看到那些小白袍臉上出現了哀莫大於心死的表情，估計正在心中悲嘆爲什麼會這麼流年不利，任務出問題時偏偏遇到巡司檢驗，還因爲處理不了，被巡司給救場擦屁股了。

然而事實就是如此，三個白袍結伴仍被打得七零八落的中階任務，被一個抽查的紫袍獨力擺平，他們還能說什麼呢。

雙手合十，本子輕輕拍起，她轉身消失在傳送術法當中。

爛攤子已經替他們收拾好了，自己回去總不用再別人出手幫忙了吧。

踏出移動陣，熟悉的淡淡草木香氣從幾步遠的左後方傳來，帶著優雅的微笑，歌唱般的話語傳來：「小玥，妳都快上最讓人害怕的巡司排行榜了，現在很多人傳說抽查看到紫袍會害怕呢。」

她笑了聲，原本嚴肅到讓人覺得冷艷的面孔瞬間鬆動，變得柔和，好像從一張寒冷的雪山圖被修改爲臨春破冰的融雪晴山，突然容易親近了起來。幾名原先還不太敢往這邊看的公會行政人員忍不住偷偷看了眼，隨後好像怕被發現般，又扭開頭，假裝無事發生。

另一名同樣讓人側目的女性就沒那麼讓人害怕了，帶著溫暖人心的笑意，不自覺就想迎上去衝著她傻傻地笑。

「沒做錯的才不用怕我。」

褚冥玥不以爲然地笑了聲，無視周遭目光，拍了拍友人的肩膀。「怎麼突然跑來公會了？然那邊有事情嗎？」

「嗯，然說最近有些人在『家』附近窺視著『偶』，妳要特別小心。」

聽見這樣的話，褚冥玥瞇起眼眸，身上陡然散出的冰冷氣息又讓那些偷窺的人連忙讓路。

僅僅只是紫袍，年紀還比許多人小的巡司，天生自帶令人恐懼的氣勢，彷彿從娘胎裡帶了什麼出來，執行起任務簡直六親不認，使許多新進的公會人員一看見紫色袍服就習慣性隱隱胃疼，深怕在眼神交會的瞬間被揪出什麼毛病。

「還不死心嗎，哼。」

都已經多少年了。

褚冥玥與友人一起踏入移動術法，轉回了她們就讀的學院，接往安全定點後，再次轉出的法陣將她們送回熟悉的古老大宅。

她曾經在這裡跨越界限。

幼年的自己與其他人不同，這是還懵懂未知時就已經發現的事情，所以母親經常帶她回大宅，讓族人協助她學習如何控制力量，也因此，她與一樣處境的白陵然格外親密，就像真的親兄妹，彼此分享身上那些天生跟隨而來的——後來她才知道，那是他們先祖的傳承。

被分裂的三份傳承既然已出現兩人，那代表他們身邊必定還會有其他繼承者，最後，他們發現是她那倒楣的弟弟。

其實也不難發現，那小子的狀況實在太離奇，不想發現都不行，逮來讓然稍微一測試，立刻發現最棘手的先天之力埋藏在他身上，幸好他以為自己是普通倒楣孩子的想法太根深柢固，力量反而被自己咒得一點都不明顯了。

走過長長的迴廊，寂靜的庭院中有著不同風景，不同的春夏秋冬；但是在這裡活動的人很少、相當少，自從那日之後，大宅已對外封閉，如果不是心腹與極重要的事情，基本上是不讓閒雜人等出入的。

褚冥玥和辛西亞幾乎是唯二特例，她們想什麼時候來、什麼時候走，都看她們的自由，沒有任何限制，也不用聽命於任何人。

走過轉角，便看見大男孩外表的妖師首領坐在長廊下，一派悠閒地盯著院內跑動的小幻獸看，手邊擺著一碟精緻的小點心與茶水，乍看下像是在享受午後寧靜時光，不過很多時候，他是在思考著關於妖師一族的大小事務。

不管是在人類世界拓展商業資產，或是調動族人避開白色種族的探查，又或是安排一個個在外的小家庭躲避追捕，這些年來他做得井井有條，壓根不像正常這個年紀的大學生能做得出來的——雖然他根本不是正常大學生，而且體內還埋藏一份古老的記憶，讓他從出生開始就比別人知道更多事情，更快掌握自己身爲當代族長的力量。

那也成爲他的重擔。

青年感受到氣息，轉過頭對著她們彎起微笑，那是發自內心毫無任何雜質的笑，最近越來越少看他這麼對其他族人露出笑容，似乎相信的人不再那麼多，收起感情，且步步謹慎。

褚冥玥不知道應該覺得是自己的殊榮，或是該爲這點感到可悲。

他們能信任的人不多，只能倚靠自己。

「冥漾是妖師一族的事情原本就瞞不住，我們也有心讓他多接觸一些人、發展未來，不過最近重柳族與鬼族的動作太多，還是務必小心點。」

請兩名女性隨意後，白陵然閒話家常般地說著：「鬼族的部分，我已經派人剿滅不少，比較麻煩的是白色種族的獵犬，不能隨意對他們下手，只能盡量迴避。這幾年來他們發現不了『偶』的存在，那麼讓他們多搜尋幾年也無妨。」

「哼，現在我們不比當年，他們別想重複當年的事情。」她冷冷一笑，看向了曾經鮮血淋漓的庭院方向。

那年他們都還很小，所以無能為力。

褚冥玥永遠記得這裡曾經發生過什麼——

當他們還很小時，母親經常帶著她和倒楣弟弟回到本家。

這只是那很多次當中的「其中某一次」。

她對弟弟其實不是那麼有耐心，倒楣蛋小小的，看起來很軟，經常在路邊被小孩欺負也不敢吭一聲，領著出去玩時，回頭一看就卡在某個水溝裡；所以當時也是小孩的她其實不是很愛帶弟弟出門。

煩，又很惹事。

回本家時她也經常把小孩扔給已經很成熟的然，自己在大屋裡探險。

興許都是妖師血脈，她相當喜歡屋內的各種術法與古老事物，部分還能與她繼承的力量有所連繫，對著那些物品靜下心練習引動力量時特別舒服，常常可以藏在某處一待就是一整天；等到玩夠了，再去然那裡把倒楣蛋領回來就好。

差不多年紀的然好像有用不完的耐心，對誰都很溫和，與大人談話時就像個小大人般，講出的話能讓人仔細傾聽。從同年齡的他們看來，覺得這是很厲害的技能，所以有一段時間褚冥玥一直以爲然所謂的力量就是「讓大人好好聽話」。

他們就這樣既悠閒又與眾不同地成長。

直到那一天，入侵的陌生人在本家進行大屠殺。

那天的守備其實比往常要少，似乎是當時發生了什麼事，派出許多族內高手去處理，然的父親和幾人在大屋裡指揮與等待消息。發現入侵時，褚冥玥正在收藏古物的倉庫裡修習，位置離主屋較近。

聽見聲響打開門時，然的父親突然出現，將她藏在一處隱蔽角落裡，隨即就和陌生人打了起來。

直到聲音停止，她慌慌張張地跑出去尋找母親，眼前卻是然的母親渾身是血地躺在地上，而他們的媽媽倒臥在走廊，呼吸漸弱。

有那麼一秒，幼小的她直覺知道這裡發生了什麼事情。傳承力量中點燃了不屬於她的少許記憶，告訴她眼前人將死，那些後天力量、藥術知識猛然翻湧出來，塡滿她的腦袋。她快速吸取著不屬於她的事物，感到腦袋快要炸裂了，然而她仍無法移開視線，死死地瞪著心跳微弱的母親。

接著，她突然知道該怎麼做。

她可以把自己的性命獻祭給黑暗，以命換命，完整的法陣與儀式浮現在腦海中，絕對能夠成功的方法就像她早已熟記般，一字不缺。

打斷這一切的是然。

兩雙發抖的手彼此握在一起。

她一直以爲然是個可以和大人相比的厲害孩子，同輩中她最佩服然。但是在那一刻，她還是可以感覺到連這樣的然都在發抖。

那是痛苦、憤恨、不平……種種悲傷又疼痛的情緒，揉編成一條能夠僞裝成堅強的繩子，將他們兩個繫在一起，同時跨出步伐，引動兩人的力量與各自一半的血液，將兩名母親拼湊成一名，將死肉轉化爲人偶，讓瀕死的人停止時間，使用魂偶替代肉體行走在世界上，繼續「照顧」他們姊弟。

什麼都不知道的倒楣蛋還需要母親。

「先天能力的繼承者心性非常重要。」做完這一切的然如此說道。他的眼神趨於平靜，打了清水，握著小小冥玥的手，一點一滴地將兩人手上的血污仔細擦乾淨，連指甲縫都沒有留下痕跡。「冥漾太小，他承受不了，如果讓他和我們一起走，他也躲不了白色獵殺者的刀刃。」

倒楣蛋太小了。

小得隨便一摔都可以穩穩地卡在水溝裡出不來。

妖師先天能力是最大的原罪，一旦被獵殺者得知世界上出現兩名先天能力者，其中一名還繼承凡斯原先強大的力量，後果可想而知。

倒楣蛋肯定會死得不明不白，連自保的機會都沒有。

所以他們還需要偽裝，偽裝成一個正常家庭，遠離妖師本家，沒有所屬身分，不動用該有的力量，那些獵殺者就聞不出、無法確定，不能下手。

至少在褚冥漾大到能保護自己之前，他都須要被偽裝。

「……我們來扛。」握起自己乾淨的手，她慢慢地抬起頭，與然視線相接。「我們知道就好了，不要讓他那麼痛，別讓他知道媽媽的事情。」

痛苦只要知情的人來承擔，讓另一個人有個開開心心的童年就好了，至少他不用那麼難受，他還太弱了，需要個安全又溫暖的家。

「嗯，我們可以的。」

然張開手，兩個孩子笨拙地抱在一起，冥玥終於沒忍住自己的痛，抱著同樣小小的身體放聲大哭，撕心裂肺得幾乎都要吐出來。

她知道，哭完之後，她就不會再像今天這樣落淚，她也不會再有這種眼淚，因爲接下來等待他們的將會是上千年抗爭的延續，他們必須持續下去。

這段記憶最終還是沒有讓那個倒楣蛋知道，日後白陵然對他解開眞相時，也將他們兩人在血色房間中最脆弱的這一幕拔除。

他們是要扛著倒楣蛋天地的人，不須要讓他看到太多他們破碎的樣子。

爾後，倒楣蛋長大了，果然守世界也注意到他的存在，堪稱最中立、最大的學院對他伸出友善的手，想引領他進入正軌。

一開始，她是反對的，過了長久安逸的日子，她想過讓倒楣弟弟可以繼續這種安穩不受侵擾的人生，像是代替她和然享受正常人的生活。

只是老媽不知道是不是下意識的動作，還是把冥漾推進了他們原本該存在的世界當中，捲起了一道道波瀾。

領著他跨過大門的是三王子的後人，不知道是被刻意安排或是命運就眞那麼巧合。總之在千年後，所有相關者又重新兜在一起，延續那場紛亂的糾纏。

爲了避免危險，倒楣蛋身上老早就被他們放置許多禁咒與束縛，好讓他平常生活時不把自己搞得太慘烈，也預防被追蹤出來他有先天力量，雖然這些到後來還是防不住有心人的手腳。

當代有兩名妖師本源力量者的事情依舊傳開。

黑色世界就這樣活躍了起來。

※

褚冥漾的異世界之旅基本一直都在他們的放任之中。

有三王子後人的存在，所以他們必須讓褚冥漾去接觸這份軌跡，也是放手給他遲來的成長，讓他磕磕絆絆地摸索這個對他而言未知的世界。

因爲他單純、什麼都不知道，才更能接觸許多未來對他保持善意的種族。

無論是她或是白陵然，早就因爲時間與血脈賦予的強大影響性格與能力，不是那麼多人喜歡隨意接近了。

爲了這點，身爲族長的然在面對族人時承受不少壓力，沒死透的老一輩人多少都知道這件事，強力要求族長必須處理這個不安定因子——兩人同樣擁有本源力量，如果哪天褚冥漾有心掌控妖師，啓動世界兵器來對抗當代妖師一族，也不是不可能的事情。

不過褚冥玥認爲在發生這件事之前，她會先把那個倒楣蛋揍死。

他們排除眾議，就是讓褚冥漾繼續走自己的路，然後看他莫名其妙將這條路走成常人不能及的麻花捲。

有時候褚冥玥會想，妖師的本源力量到底被這個倒楣弟弟應用成什麼德性，同樣繼承另外兩份力量的她與白陵然，生活就沒有過得這麼「精彩」；最後他們甚至得去找上黑山君，付出很大一筆代價與獄界中最神祕的那位鬼王會面。

這簡直不是一般人做得出來的事情。

然而某方面來說，這些奇遇對褚冥漾來說並不是壞事。

他見過太多人，在曲折離奇又常常走偏到不知哪去的人生道路中，確實打下許多奇怪的基礎，也讓不少種族表態知道妖師一族並非邪惡，又在種種光怪陸離的奇遇中摸索到不少好處，一下子就將他拉到他們兩人面前來——如果不是傳說中的百塵黑術師殺出來。

凡斯的記憶裡沒有這些先輩。

但是妖師一族的規模太小也是事實，白陵然早就有些懷疑整個妖師一族並不會只有他們這支最後的白陵血脈，所以讓她去提出歷史之書。

白陵然自己清楚，古老的妖師血源之書寄存在時間種族管理的歷史長流中。這也就是說，只要他們提出這本書加以調閱，就是正式昭告世界他們妖師一族還沒死絕，能夠翻開書本的族長依然健在，隨時都可能重新開啓黑色世紀——因爲可以翻閱血源之書的，只有繼承本源力量的當代族長，這便是當時與時間種族簽訂的寄存約定。

褚冥漾不會知道整個妖師一族將付出什麼代價。

她那倒楣弟弟終於知道母親的眞相後，他們還來不及好好告訴他細節，黑術師便猛地入侵到本家核心處。

這其實不該發生的，然而卻發生了，就如同多年前重柳族闖入妖師本家進行殺戮一樣，擁有切割空間力量的人一舉殺入，讓他們差點措手不及。

然後，他們逼得褚冥漾炸開自己的黑色力量。

所有事情來得很快，那個受傷的重柳族立時切割空間，用比黑術師那群人更強大的時空能力把活物全數轉移到外界，並在同時修補妖師本家所有結界，移動了空間維度，讓妖師本家已經暴露的座標完全消失，轉換成另一個不同的空間地界。

重柳出於什麼心態這樣做、他到底是什麼身分竟可以在眨眼間做到這些事，他們都不明白，只知道他用盡力氣把所有人送走那瞬間，將這份唯一重啓座標通道的鑰匙打在白陵然手上，就像把安全的家重新交回他們掌心。

最後一眼看見的是那青年因爲做了這些事，被憤怒至極的同族當場處決，還有那倒楣蛋推開了三王子的孩子，做了一個對他來說可能是這輩子最有勇氣的決定。

他們就這樣被送回褚冥漾就讀學院的附近，立即被學院派出的人保護起來，與外界隔離，連獵殺者來叫囂都被學院的護衛「請」出去。

褚冥玥清楚知道，那重柳是活不下去了，她弟就算安全撤退，也只能給那個青年收屍。重柳族與他們積怨多年，絕對不會留個背叛者的活口給他們。

在兩座學院與公會出手保護下，他們重返了妖師本家。

※

「老媽沒事。」

重新封鎖地下密室後，褚冥玥鬆了口氣。

那天太過突然，被傳送出去後整個地下密室狼藉一片，幸好母親的保護結界非常穩固，連一根頭髮都沒有受損。

開啓後讓他們更驚訝的是，重柳設下的術法竟然還在運行，雖然相當微弱，但持續努力地孤單運轉，將那些死咒慢慢地推擠出來，可能再過一段時間就眞的能將那棘手的可惡術法給清除了，到時候便可以招回魂偶交替意識。

白陵然依舊坐在他老院子的迴廊，只是會在那裡亂跑的幻獸已經全數不見，美麗的庭院滿載肅殺狠戾，修剪乾淨的草皮上躺著幾具屍體，一點也沒有弄髒妖師首領的手。

他們都不再是滿手血跡須要清洗擦拭的孩子。

「嗯。」白陵然慢慢地點了下頭，血色流光從他眼中緩緩消散。「我讓辛西亞先回螢之森，不然她會哭泣。」

純粹的精靈捨不得他沾血，一直都在代替他流淚和心痛。

褚冥玥慵懶地看了眼地上的屍體，冷冷勾起唇，「你讓他們死得太快了，根本還不了這些恨。」

白陵然緩緩勾動唇角。「如果沒有客人的話，我願意讓他們度過百日折磨，而不是馬上取他們的狗命。」

她回過頭，看見三王子的孩子站在迴廊另一邊，正朝他們走來。

半精靈的臉色不是很好看，在那場獵殺者圍攻裡大家都受了傷，他還是唯一一個沒拉住手邊人的白色保護者，從回來之後他的臉一直沒好看過，簡直像是馬上想去把她那愚蠢的弟弟拖出來掐死一樣。

「這給你們。」半精靈拿出個小巧的水晶盒，放到褚冥玥手上。「雖然沒有辦法幫忙上什麼，不過這應該可以緩解妳母親解咒過程造成的虛弱，協助她更有效早日排除死咒。」

褚冥玥看了眼盒裡的東西，貴重得讓她不得不驚訝出聲：「你怎麼……」

「沒事，我想你們更需要。」男孩皺了下眉，大概是真的對於沒拉住人很抱歉，臉上有一閃而逝的愧疚。「褚的事情我會盡力，那傢伙真是……」

「不自量力，該往死裡打。」褚冥玥直接決定了自家弟弟回來之後第一個要面對的下場。

「……是。不過也是他不自量力，我們才會得到幫助。」半精靈嘆了口氣，「只有他和那名重柳多次接觸，我沒想到重柳族會對他放下心防。」

「他大概眞的咒自己咒出了很奇怪的運氣，我們也很訝異他能讓重柳族以死相搏，不惜跟自己族人對著幹。」褚冥玥搖搖頭，覺得又好氣又好笑，心裡還淡淡地犯疼。

他們是想讓倒楣蛋自己伸出小小觸角探索這世界，不控制他，但沒想到他這觸角伸得太歪，都不知道觸上什麼東西。

一想到那倒楣蛋第一次離開他們所有人的視線，在不知道的地方擔心受怕，還可能被獵殺者逮住，褚冥玥就覺得那絲淡疼變得難以忽視了起來。

「我會站在你們這邊。」

半精靈的話讓褚冥玥回過神，連白陵然都有些意外地微微抬起頭。然後聽他繼續說：「當年我父親不曾拋棄自己的諾言，我也會繼承他的理念替他延續下去。而且我發現似乎有很多事情並不如我所知的那樣，關於黑術師、百塵家，說不定我們有很多共同的帳要算。」

「不怕冰牙族和燄之谷受牽連嗎？」褚冥玥笑了下，突然覺得三王子的後人其實也滿衝動的，眞不愧有一半炎狼血液。

「誰說和他們有關係，我是公會黑袍，獵殺邪惡是本分。」男孩理所當然地說道。「打開妳的紫袍通訊，現在賞金很高，趁機殺一波穩賺不賠。」

「也是呢，被他們搞得都忘記還有這層身分了。」褚冥玥彎起眉眼，計算著這筆收益會有多大。「混亂中，動了幾個獵殺者也是沒辦法的事情對吧。」

「沒錯，行動中本來就很容易發生意外。」男孩點點頭。「誰教他們靠太近。」

「冥漾沒事。」

一直聽著兩人對話的白陵然突然開口，勾了唇角，看著手邊轉出的黑色小圖騰。「他在……黑王的住所。」雖然不知道怎麼過去的，不過鬼王專屬術法告知的平安不會做假，那邊確實已經安全收容了他們的血親。

聽到這消息，褚冥玥也鬆了口氣，突然一屁股在長廊坐下。「臭小子！」她瞥見，那半精靈好像臉色也好看了些。

其實他們倒不擔心這弟弟會死在哪邊，然給他的禁咒中除了對妖師一族有惡念的人遲早死無葬身之地以外，還有一道白陵然以妖師首領身分調動能力，特別祝福他長生的心語祈願，所以那孩子不會那麼容易死透。

「……黑王那邊就不用擔心了。」半精靈點點頭，看向另外兩人。「你們要先再隱藏一陣子嗎？獵殺者不會這麼簡單放過你們，雖然冰牙族與燄之谷出面擔保，不過他們不會放棄的。」

「在外擁有黑色力量的族人已經都撤回了，普通無能力的族人不刻意查探也看不出來，這麼多年來我們已有規劃，一時之間不會有問題。」白陵然語氣依然沒變，聊天般的口吻。「產業也全都有專人管理，他們查不出所以然。即使要查，最後他們會發現所有的產業鏈老早就和所謂的白色種族綁得死緊，每個機構中的員工不是普通人類，就是他們自己的光明同族，他們鑽不進去的。」

這麼多年來，他們一直與世界種族同化，現在想連根拔起早就不是那麼容易了。

「我有些事情，想要去時間之流走一趟。」白陵然轉向自己找上門的半精靈，露出褚冥玥很熟悉的那種微笑。「兩族的小殿下，三王子的後人，我們先祖摯友的孩子，你是否能夠像你父親一樣，讓我們安心託付？」

「你們不用懷疑我。」

光明的孩子立刻回答，毫無遲疑。

白陵然伸出手，像是邀請。「那你要跨過這條界線嗎？你會看見的，可能不如你父親所想那麼美好。」

「……少廢話了，該做什麼事就做什麼事吧。」

褚冥玥看著事發之後，第一個找上門與他們握手的白色種族。

她不太明白當年凡斯與三王子究竟想要創建的是怎樣的一個世界，也不太知道他們的友情能讓他們做到什麼地步，繼承那些記憶的是白陵然，不是她。

她只是知道，現在不似當年，那年跨過界限的兩個孩子無所依靠，而且須要隱瞞很多很多的事情，只能又害怕又恐懼地咬牙硬扛。

看著倒楣蛋開開心心生活的時候，她偶爾會不平地去欺負一下弟弟；現在的她卻覺得那倒楣蛋其實有些悲哀。

他一直被蒙在鼓裡，他們不希望他知道太多，希望在一切事情到來之前他可以平平安安、開開心心地過一般生活。

這算是對他好嗎？

然而當年如果不那麼決定，或許他現在早就死了，因爲憤恨溢出的黑色力量讓他過早被發現，被那些獵殺者扼殺在搖籃當中。又或是他太小，以至於帶著仇恨成長，心性扭曲，成爲憤世嫉俗的人去危害世界，造成更嚴重的後果……

如果時間倒轉，褚冥玥還是希望那個倒楣蛋當他開開心心的正常人倒楣蛋，她是有千百般對不起這個弟弟的隱瞞，但她不想看這弟弟和她一樣生活在十多年的痛苦當中，讓自己被仇恨磨得誰都不相信。他只要疼這兩年，就能換取比較無憂無慮的少年時期與很多朋友，那麼她覺得弟弟恨她也無所謂。

他不必像他們一樣。

他會覺得自己活得像個笑話嗎？

或是像個蠢蛋？

褚冥玥苦笑了下。

他們從來都沒想要他這麼覺得，只是單純認爲他可以越晚知道這些痛苦的事情越好，之後

他因此恨透他們也好。

畢竟他們是哥哥和姊姊，天塌了也還是兄姊要先扛住的，小孩子慢慢成長之後，再來學習怎麼扛也不晚。

他就是慢了些跨過界限。

很快地，他就會再來到他們面前。

到時候，就隨便他要怎麼抱怨吧。

「小玥，走吧。」

空間走道在他們三人面前打開，將通往的是不同的道路。

這次連三王子的孩子都跟著走上來，彷彿在冥冥之中，他們這些後人依舊會湊在一起，再啓那千年前未盡的情誼與糾結。

褚冥玥頓了下，快步跟上白陵然的腳步。

她知道，褚冥漾將會跟上來，而且這次將會很快。

他們，就先在界限的另外一邊等著他了。

〈界限〉完

身體不行！腦袋也不行！
弱雞！
你們這種脆弱的人形身體真麻煩，力量也少！
本尊縱橫沙場時候你都還不知道在哪裡，真是弱爆了！
所以別扯後腿，我跟你簽血誓不是玩一日旅遊的
給我好好活著！
弱雞！
弱雞！
弱雞！

by 紅麟

國家圖書館出版品預行編目資料

特殊傳說II.恆遠之晝篇 / 護玄 著.
——二版.——台北市：蓋亞文化，2025.07
冊；公分.

ISBN 978-626-384-216-8（第八冊：平裝）

863.57 114008702

悅讀館 RE424

特殊傳說II 恆遠之晝篇 08

作　　者　護玄
插　　畫　紅麟
封面設計　莊謹銘
主　　編　黃致雲
總 編 輯　沈育如
發 行 人　陳常智
出 版 社　蓋亞文化有限公司
地址：台北市103承德路二段75巷35號1樓
電話：02-2558-5438　傳真：02-2558-5439
電子信箱：gaea@gaeabooks.com.tw
投稿信箱：editor@gaeabooks.com.tw
郵撥帳號 19769541　戶名：蓋亞文化有限公司
法律顧問　宇達經貿法律事務所
總 經 銷　聯合發行股份有限公司
地址：新北市新店區寶橋路二三五巷六弄六號二樓
電話：02-2917-8022　傳真：02-2915-6275
港澳地區　一代匯集
地址：九龍旺角塘尾道64號龍駒企業大廈10樓B&D室
電話：+852-2783-8102　傳真：+852-2396-0050
二版一刷　2025年07月
定　　價　新台幣 260 元
Published and printed in Taiwan

GAEA ISBN 978-626-384-216-8

GAEA

Gaea